광화문을
지키는
詩人들

사·랑·방·시·낭·송·회·사·화·집 4

사랑방시낭송회

광화문을 지키는 詩人들

사랑방시낭송회

광화문시인들

노 선 관 | 상임시인

우리 사랑방시낭송회는 2010년 12월 11일로 181 번째의 낭송회를 가졌습니다.

가난한 시인들의 모임 치고서는 꽤나 오래 숨쉬고 버텨온 셈입니다. 이는 오로지 여기에 모이는 시인들의 치열한 시적열정詩的熱情이 시들지 않기 때문이라고 생각합니다. 우리들은 오직 문학을 향하는 순수 이외에는 그 어떤 것도 의도하지 않습니다. 문학적 자아만을 위하여 몰입할 뿐, 허명虛名을 부추기는 어떠한 일에도 현혹되지 않고 꿈꾸지도 않습니다. 우리들은 사랑방시낭송회의 이런 분위기를 매우 자랑스럽게 생각하며 모이는 것입니다.

지금까지 오는 동안에 기호畿湖지방을 망라해서 기백幾百을 헤아리는 시인들이 들고 났으며, 문단의 원로 시인들도 자주 들러서 따뜻한 격려를 아끼지 않았습니다. 그에 힘입은 신인들은 자기 목청을 가다듬어 주목받는 시인으로 성장해 왔습니다. 또한 우리 모임에서 중요 멤버로 활동하던 시인들 가운데에는 월간이나 계간 문예지를 창간하여 별도의 문학회를 열고 계신 분들도 있는 바, 그 분들이 힘들 때마다 향수처럼 사랑방시낭송회를 그리워한다는 소리를 듣고 있습니다. 이는 우리들의 사랑방시낭송회가 침체를 모르면서 한결같은 보폭步幅으로 오늘을 가고 있기 때문일 것입니다.

모임의 시작은 세종문화회관에서 출발이 됐습니다만, 건물 내부의 업태 변경으로 장소를 옮기기 시작하여, 더러는 빌딩의 재개발 때문에, 또는 다른 이유로 부득이 낭송 장소를 전전해 왔습니다. 광화문커피숍, 라이브 카페 정동이야기, 커피전문점 쎄비앙, 라이브카페 썸머(여름), 그리고 지금의 장소인 나무 카페에 이르기까지 많이도 옮겨 다녔습니다. 장소 이동에 따르는 숱한 제약과 불편을 감내하면서도 우리들의 활동 무대는 세칭 '광화문 동네'(세종로 거리)를 떠나지 않았습니다.

광화문 거리는 옛 육조六曹의 거리로서, 나라의 근간을 세우고 뒤틀린 역사를 바로잡아 나아가려고 몸부림치던 뜨거운 현장이었습니다. 이제는 자랑스런 나라의 위상과 함께 세계를 향하여 날개 펴고 치솟는 당당한 거리, 이 나라 한복판에 열려있는 웅대한 거리입니다. 우리들은 이 광화문 거리를 활보하면서 시심을 가다듬어 왔습니다. 때로는 피맛골에 들러 대폿잔을 기울이면서 가난한 시인들의 애환을 흥얼거리기도 했고, 또 은행잎 곱게 물든 정동길 돌담에다 낭만에 젖은 추억을 그려넣기도 하면서 여기 광화문 동네를 지켜왔습니다.
그 동안 광화문 주변도 많이 달라졌습니다. 청계천이 달라졌고, 새문안 동네 풍경도 달라졌고, 피맛골 정취도 사라졌습니다. +자스럽게 자리를 지기던 옛 문루를 헐어내고 새로 복원하여 떳떳하게 서있는 광화문과 그 앞 광장이 빛나고 있습니다. '광화문네거리'를 '세종로사거리'로 바꾸어 부르기도 합니다. 그러나 우리는 여전히 '육조의 거리를 지키는 시인들'이라는 다짐과 함께 화려한 내일을 꿈꾸며 사는 '광화문시인들' 임을 자처합니다.

우리 광화문시인들의 웅숭깊은 모임이 오래도록 이어져서, 이 땅의 문학적 토양을 기름지게 가꾸는 거름이 될 수 있기를 바랍니다. 또한 여기에 참여하는 시인들의 시심이 옹골차게 익어서, 뒷날 우리 문학사에서 크게 기억될 시인들이 나올 수도 있으리라는 기대를 버리지 않습니다.

2011년 1월

광화문을 지키는 詩人들

광화문을 지키는 詩人들

광화문을 지키는 詩人들

사랑방시낭송회
www.cafe.daum.net/loveroom1994

김건일 시인

경남 창원 출생. 건국대학교 국문과 졸업. 《시문학》지 추천완료로 등단. 사랑방시낭송회 회장, 민족문학작가회의 회원, 남북시동인, 제23대 한국문인협회 부이사장 재임, 한국현대시인협회 사무국장·사단법인 한국문인협회 감사·국제펜클럽기획위원·건국대문인회 회장 역임. 제10회 흙의 문예상 본상·제12회 자유시인상 본상·제6회 서포(김만중)문학상 대상·한국 예총 문예 대상 수상. 시집 『풀꽃의 연가』, 『땅따먹기』, 『뜸북새는 울지도 않았다』, 『꿈의 대리경작자』, 『꽃의 곁에서』.

정우당약국 외 4편

김 건 일

대학 졸업 후 고향에서
농사를 10여 년 짓다가
아이들 공부를 위해
서울에 올라온지 어언 30년
정우당약국은 삶의 보금자리였네

비가 오나 눈이 오나
하루도 빠짐없이
경동약령시장에서
약초를 팔면서 아픈 사람들을
만났네

나보다 더 아픈 사람들이 많아서
작은 아픔은 아픔이 아니라
아픔의 교훈이 되어서
매우 아픈 사람들의 상처를
쓰다듬어주었네

짧은 이 세상을 살면서
잠도 못자는 괴로움을 안고 있는 사람을
포근히 안아주고 싶은 마음으로
정우당에서
오늘도 열심히 약초를 썰고 있네

음식 아끼기

김건일　15

요즘 어디를 가나
음식이 남아돈다

음식이 모자랄 땐
음식에 군침을 흘리며
음식을 깨끗이 먹어치우는데
음식이 남아도니
음식에 미련도 없다

점심때
김치와 생선 토막이 남아서
버리지 않고 비닐에 싸서
집으로 가져와
저녁 반찬을 한다

옛날 배고팠던 날들을 생각하고

인천 월미도

일요일이면
갈 데가 없어
인천 월미도로 간다
일만 하는 강원도는
죽어도 가기 싫어해
코스모스 유람선을 타고
바다를 헤맨다

똑같은 춤
똑같은 노래
몇번도 더 보고 더 들은
노래와 춤이지만
땀을 흘리는
일보다는
더 신명이 나는지
유람선을 탄다

생각해 보면 20대와 30대에 만나
죽도록 일만하고
여흥은 즐기지도 않았는데
늙어서 신명에 취해보고 싶어
안달하는 여심을 나도 어쩌지 못한다

바람같은 영혼

김 건 일

한번도 진정으로 사랑을
받아본 적이 없다는
아내의 말
아이 둘을 낳은
우리의 사랑은 무엇이었던가

아내를 깊이 안고
울고 싶었다
참으로 아내에게
사죄하고 싶었다

지금까지 살아온 것은
바람같았다고
나무를 윙 윙 울리는
바람같았다고

지나온 날들

지나온 날들을 뒤돌아 보면
헛점 투성이다
열심히 살아왔건만
하나도 제대로 된게 없다
아내도 조금도 만족 못하고
불만 투성이다
그래서
우선 아내를 만족시키기 위하여
아내 곁을 잠시도 떠나지 않는다
아마 아내는 답답해 할 것이다
자유를 구속 당한다고 생각할지도 모른다
그러나 아내를 즐겁게 해줄 방법을 모르는 나는
아내의 곁에서
줄곧 앵무새처럼 종알거리고
아내가 먹고 싶은 음식을 마음껏 먹게 하고
아내가 가고 싶은 곳을 마음껏 가게 하고
아 이래도 저래도
용솟음치는 행복은 보이지 않고
길거리에서
걸인 차림으로
신나게 춤추는 광대가
오히려 용솟음치게 행복해 보인다

김경자 시인

사랑방낭송회 회원
마흘문학회 사무국장, 한지공예가
생활공예대전(프랑스문화원) 외 2005년 예술대전 입선

하늘이여 외 4편

김 경 자

어느 날 문득 맑은 하늘이
가슴팍으로 뚝 떨어져서 말을 걸더니
푸른빛의 눈물바다가 되는 거야
한순간에 포로가 되었어

눈 감고
입술 지긋이 물었어도
고개 절래절래 흔들어 봐도

그립다
그립다
그립다

지워지지 않는 이 그리움을 어이하면 좋으냐
내 안에 머물러 떠나지 않는
목메이는 그대는 어디에 있단 말이냐

봄볕 가득

김 경 자

예서 제서 분분히 날리는 꽃가루
그 향기에 취하는 나비의 날갯짓
품었다 풀기를 연정에 비한다하라는
하늘의 나폴한 갑사 옷 맵시 가득
희디흰 봄볕 아지랑이로 피어라

홀씨

감히 바라보지도 못할 먼먼
태양의 총애를 입었다네요
빛나는 옷으로 화장하고 오롯이
뜨거운 하늘과 섞은 살 헤지는 줄 모르고
눈머는 줄도 모르고

점점 멀어져 가는 태양을 잉태한 이후
감히 그 먼 우주를 꿈꾸기 시작했다는데요

데인 몸뚱아리 그 빛을 잃어가고
떨어져 나가는 머리카락 한 올
마지막 날개옷에 우주의 씨앗 하나 꼭꼭 숨겨
태양을 향해 날려보내는 일
두 손 모아 하늘로 돌려보내는 일
감히 눈 맞추고야 말았던 것처럼
사랑이라는 이름 붙이지 못한 채
자신을 바친다는데요

꿈에게 묻는다

김 경 자

소멸과 공존의 순환 속에서
길을 잃고 말았다
드디어 몸에서 굉음이 난다
엔진오일의 고갈이
그리움에게 메시지를 보낸 어제와
어제의 어제를 잊는 임시 처방
하루살이를 흉내내는 삶이
유화의 혼탁한 색채를 닮았다

드로잉해 둔 꿈은
양기에 빛바랜지 오래지만
아직 달큰한 향기는
남아 있을까 하는
실오라기 희망

꿈에게 묻는다
배후가 누구더냐
날개는 있는 것이냐?

창문

목소리도 작고
숨소리는 더욱 작았다
대답도 반응도 없으니
슬쩍 흘겨나 본다

눈시울 아래 쳐진 블랙 셰도우
누군가 굳이 묻지 않아도
할 말이 있는게야

서성이는 발자욱소리, 중얼거림
스산한 고독이 뚝뚝 묻어나던 외로움들
작은 상자로 포장해서
쌓다가 쌓다가
숨구멍 하나 달랑

김영식 시인

호 청우, 강원도 홍천 출생. 한국방송통신대학교 농학과 졸업. 월간 한울문학 신인 문학상 등단. 사랑방시낭송회 상임시인, 백수白樹문학 · 목란문학 · 향기문학 동인, 세계모던포엠 작가회 회원. 동인지 『시의 수채화』, 『광화문을 지키는 시인들』 외 다수. 연합뉴스 '다섯 손가락 시인', 한겨레신문 '조막손시인', KBS라디오 내일은 푸른 하늘 출연, KBS 1TV 사랑의 가족 휴먼스토리 방송, MBC라디오 뉴스터치 출연, 현재 서울 성북경찰서 근무 중.

찔레꽃 향기 외 4편

청우 김영식

논두렁 가장자리에
새하얀 웃음으로

함박하게 피어 있는 찔레꽃 향기가
그늘진 덤불 속
한줄기의 아픔으로 내게 다가온다.

무척이나 가여운 유년의 시절
세월의 아픔이라는 낱말속에
찔레꽃은 언제나 내게
유년의 그리움을 한아름 선사한다.

보리의 바람을 타고
밀 이삭에 너울거리는
또 다른 시간들은
동심의 그곳으로 향하고 있다.

가시 끝에 매달려 예쁜 꽃 피어 있는
찔레꽃의 향기는
또 다른 나의 기억 저편에 있다.

우리 가끔은

김 영 식　27

우리 가끔은

서로를 위하여
가슴이 따뜻한 인연 하나
만들어보자

살아 숨쉬고 있는 심장의 고동 소리와
그 속에서 꿈틀거리는
욕망 하나
그리고 미련들

우리 가끔은
서로의 따뜻한 체온을
느껴보자
사랑의 숨결 포옹해보자
가끔은 그렇게 서로를 위한 시간을 만들어보자

음악과 영화의 만남

음악이 있어서 좋으며
아름다운 영화가 함께하니
이것이 바로 음악과 영화의 만남이다.

오케스트라 연주자의 악기에서
아름다운 음률을 토해내니
열창하는 성악가들의 매력에
잠시 동안 숨이 멎는다.

객석의 관객들도
아름다운 하모니에 매료되어
가을의 밤을 노래한다.

영화 한 편과 음악의 멜로디 속에
지휘자의 손결과 오케스트라 연주자들
오페라의 주인공이 된 나
그리고 그 속에 묻히어 또 다른 일상을 꿈꾸는 우리들
아름다운 가을날에 멋들어진 행복이 있어서 참, 좋다.

녹슨 일기장 한 권

어느 날 머리맡에
낯익은 녹슨 일기장 한권

사랑해서 미안해요
정말 사랑했는데,

다음 생에라는 생소한 한마디에
내 가슴엔 빨간 멍울이 물들여졌고
세상사의 울분이
거기에 담겨져 있었고

나의 아픔과 세월의 무심까지도
사랑하였던 당신이기에
그것을 침묵하며 지켜볼 수밖에 없는
그 아픔에 못내 울어버렸다.

내 삶과 내 생활의 전부인 당신
이젠 아픔도 함께하고
세월의 무게만큼 당신을
꼭 보듬어주고 싶습니다.

삶의 행복

내 생에 한 여인를 알게 되어
맑은 웃음과 기쁨을
나누어주는 그대가 있기에
나는 행복합니다.

바람이 몹시 부는 추운 겨울날
얼어버린 나의 아픈 손가락을 위해서
당신의 가슴에 따뜻하게
묻어주는 그대가 있기에
나는 행복합니다.

텅 빈 마음의 공허함과
뼛속까지 파고드는 나의 아픔을
사랑해주는 당신이 있기에
나는 행복합니다.

행복한 인연으로 만나
나의 생이 다하는 날까지
그런 당신을 사랑하며 살겠습니다.
아름다운 눈물 한 방울까지도…….

김재현 시인

월간 《스토리문학》 동화 부문 등단, 월간 《문학세계》 시 부문 등단, 사랑방
시낭송회 상임시인, 한국스토리문인협회 회원, 문학공원 동인, 정신세계
원 강사.

꽃 외 4편

김 재 현

가지의 가장 끝에서
혹은 귀퉁이에서 일어나
밋밋했던 일상을 아름답게 장식하며
삶을 맞이하는 만개한 꽃
절정은 가장 낮은 곳으로 쏠리게 마련이다
세상 귀하고 높다는 것은
기어이 낮아지는 것이라
봄눈처럼 사뿐히
눈앞의 귀한 것이 낮은 자리에 눕는다
바닥을 딛는 것이 시작인 양
물에 비친 하늘은 물속까지 더욱 낮아지고
땅은 솟아 하늘높이 오르기만 올랐는데
얼마나 더 낮아져야
나무는 꽃의 언어를 만날 수 있을까
먼지처럼 떠오르는 건 얄팍한 오늘이다
가지도 없이 흔들리는 건
꽃을 피울 줏대가 없기 때문이지
이리저리 떠도는 건 참된 자유가 아니라
하염없이 제자리에 꽃은 피고 지는데
먼지 같은 계절이 꽃 위로 진다
가장 낮은 곳으로는 시간이 진다
오늘도 꽃은 가고

ㅅㄹㅎ

ㅅㄹㅎ를 사랑해로
그렇게 읽었다면
이미 길들여진 것이다
속살 모두가 드러난 시를
읽을 때 느끼는 안타까움

ㅅㄹㅎ를
소란해로 읽어도
ㅅㄹㅎ는 ㅅㄹㅎ지
부분을 보고 유추해내는 즐거움
마음껏 상상하는
시를 사랑하지만 아직은
ㅅㅅㅓㄹㄹㅓㅇㅎㅐ

ㄱ ㄴ ㄷ ㄹ ㅁ ㅂ ㅅ ㅇ
ㅈ ㅊ ㅋ ㅌ ㅍ ㅎ

ㅏ ㅑ ㅓ ㅕ ㅗ ㅛ ㅜ ㅛ
ㅜ ㅠ ㅡ ㅣ

ㅎㄱ ㅇ ㅇ ㅎ ㅅㄹㅎ
한글 영원히 사랑해.

가라앉는 길

이어달리기가 한창이다. 오십 미터 백 미터 모두에게 정
해진 길을 최선으로 뛰는데 넘어지고 엎어지고 걸려 쓰러지
고 자빠지고 미끄러지고 부딪치고 채이고 부러지고 때론 눈
물도 나고 뒤처지고 앞서다가 추월당하기도 하지만

주저앉거나 포기하더라도 자신이 가야할 길은 정해야만
한다는 하늘의 명령

사는 건 거역하지 않고 길 위를 마구 달리는 일이다 도도
하게 혈관을 흐르는 피와 쉼 없이 돌려대는 심장의 채찍은
작은 우주다 요구와 잣대에 맞춰 자르고 꿰매며 스스로를
세뇌하는 과정에 혼미해진 자아가 오히려 비틀대며 중심을
잡으려는지

밑창에서 가쁜 숨을 할래발딱대던 길이 우주 속으로 스며
들고 있다

멍든 유리

  금간 아픔은 빛으로 말하지. 찍힌 유리창은 은빛벌레 모양을 새긴 듯 빼박았구나. 노란 조명을 지날 때마다 깨진 더듬이는 빛의 신호를 희뿌옇게 돌리고, 야간 비행기 식별 조명처럼 터널 속에서 자신의 위치를 하얗게 타전하네. 눈물을 보이지는 않았지만 상처가 덧나 아프다고 소리를 지르는 너. 별빛 같은 상처에 접착제를 달라며 빛으로 말을 하네. 그렇구나. 유리는 아프니까 종일토록 깜빡였던 거다.

  무너진 건 새로 녹여내지 않으면 일으켜 세우기가 힘들지. 매번 다른 주파수로 울어대는 파도. 물의 조각을 비추는 등대처럼 사람의 눈에도 늘 등대가 살고 있네. 마음자리를 비추면 언제든 통하는걸 아는지 모르는지. 무심한 사람들 사이에서 눈빛을 교환하며 갈라서지 말라고 당부를 해도 생각의 더듬이가 자라니 마음은 깨지게 되어있어. 상처는 적당히 감추고 사는 거라고 인생의 허허로움을 소소히 알려주었건만

  이제 버림받을 때라는 것을 스스로 정한 너
멍든 유리의 볼이 부풀어 오르고 있네.

검은 점 ●

지구가 잠들었다.
그 안에 움직이는 빛
누군가 환한 꿈 꾸고 있다

김정자 시인

1995년 월간 《문예사조》로 시 등단. 사랑방시낭송회 상임시인, 〈조선일보〉 리포터(1997), (사)한국문인협회 · (사)국제펜클럽한국본부 · (사)한국기독시인협회 회원, (사)한국문인협회 김포시지부 이사 역임, 시 쓰는 사람들 동인, 대곶 정진학원장. 제 9회 전국 새얼 백일장 입상, 제4회 김포문학상 공로상 수상, 제5회 김포문학상 우수상 · 제22회 〈문예사조〉 문학상 수상. 시집 『또 하나의 길』, 공저시집 『시 쓰는 사람들』, 『광화문을 지키는 시인들』 외 다수.

새해를 맞이하며 _{외 4편}

김 정 자

새로운 세상이 열리는
새해 새날이
악수를 청한다

장엄한
일출의 신비가
전율로 다가오고

지난 한 해
못다 채운 아쉬움
저 해금강 자연 앞에
풀어놓으며

2010년이란
새로운 다리를
조심 조심
잘 건너보자는
무언의 교감이 오간다

'넘침도 모자람도 없는
한해가 되기를'

그렇게
새로운 행보를 서서히
시작하고 있었다.

순리

자칫 생각 없이
내어 뱉은 한 마디가
내 편한대로 했던
얼룩진 과오들이

언제 어느 때
그 무엇이 되어
돌아올지 모를 일

오늘도
흐름의 순리를
거스르지 않으려
무의식의 세계를
흔들어 본다.

수험생

매일 매일이
다르게 펼쳐지는 오늘을
쉼 없이 살아내야 하는 것이
우리네 인생이듯

시험 준비를 하는 너희들이나
시행착오를 줄이려
지혜를 짜 모으는 나나
우린 모두 똑같은
수 험 생

6월의 코스모스

김 정 자

학원 앞 공터
때 이른 코스모스
듬성듬성
어설피 웃고 있다

계절을 망각한 몸짓
무슨 말을
하고 싶은 걸까

너를 볼 때마다
위아래
앞뒤가 뒤바뀐
옷을 입은 듯
편치가 않다

어쩌면
나도 너처럼
두드러져 있는 것은 아닌지
사색의 거울에
비추어 본다.

시니어 우리 엄마

노인복지회관에서
한국무용 공연을 하신다기에
내 아이 유치원생
재롱잔치에 가듯
식장에 들어섰다

그 모진 세월 풍상
역사와도 같은
시간을 끌어안으신 당신

당신의 어설픈 춤사위에서
묻어나오는
서러움과 회한의 응어리들

당신이 걷던 그 길
어느새 나 또한
가야 할 길이기에
마음 저 편 잠자고 있던
옛 이야기들이
긴 강줄기 되어
가슴을 타고
볼을 타고 흐릅니다

팔순 가까운
늦은 황혼이지만
자식들보다
더 바쁜 걸음하시는
우리 엄마

더도 말고 덜도 말고
오늘 만큼 환한 모습으로
평안하신 모습이기를
바라고 또 바랍니다.

사랑방시낭송회
www.cafe.daum.net/loveroom1994

김종구 시인

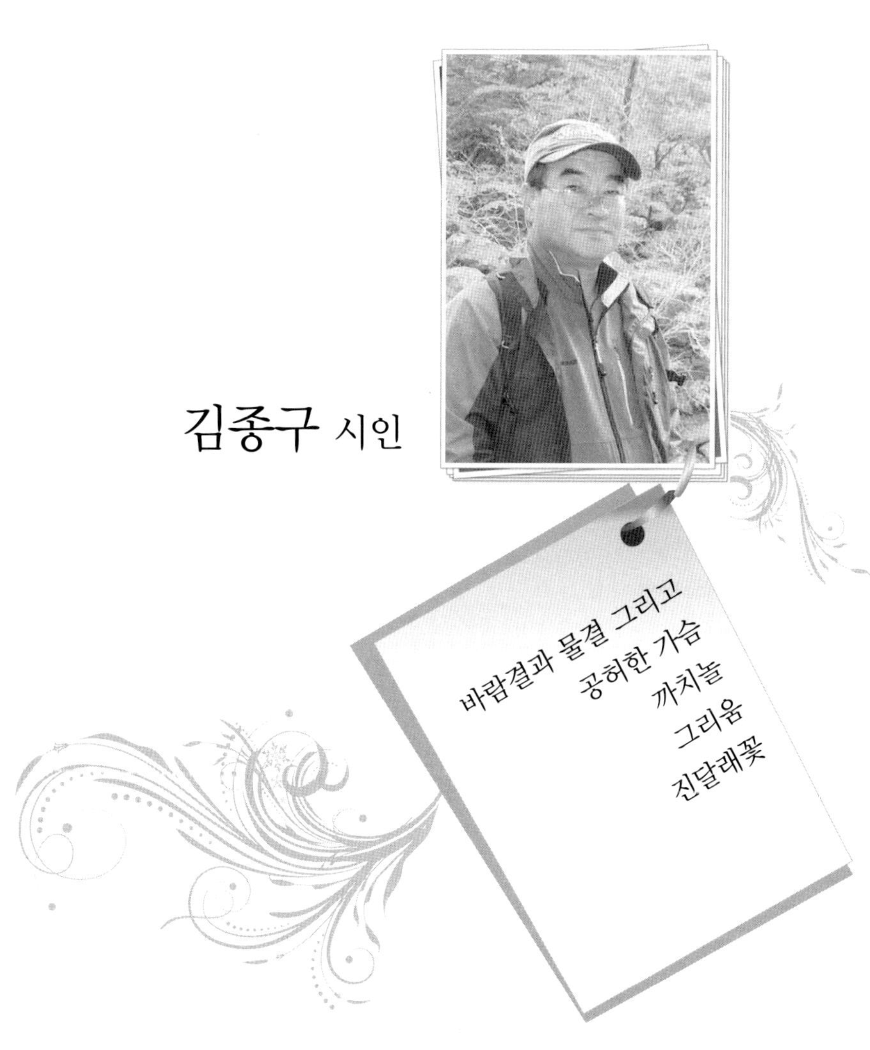

월간 《한맥문학》 등단
사랑방방시낭송회 회원
여울 동인, 강화문학가협회 이사

바람결과 물결 그리고 _{외 4편}

김 종 구

바람결이 일렁거리면
파도치는 갈대밭
갈꽃이 하늘로 솟구치다
내려앉고
쓰러지고

잔잔하던 호수도
바다도
갈대꽃 물결
바람결 따라 울렁거린다

바람결을 마주하고
옷자락 머리칼 휘날리며
두 팔을 벌린다
지휘자가 된다

바람 부는 날
바람결과 물결 그리고
나
장엄한 자연 교향악 울림

공허한 가슴

김 종 구 47

이 가슴 채울 수 없어
연기를 삼킨다 줄담배로
아무리 들이켜도 차지 않는
빈 가슴

선술집에 앉아
소주고 맥주고 들어부어도
배만 불러오지 차지 않는
이 마음

잔득 취한 몸
노래방 마이크를 잡고
끝없이 노래를 부른다
술 마시고 노래 부르면
우는 것이라던데

울어도 울어도 소리쳐 울어도
끝끝내 채워지지 않는 공허한 가슴
채울 방법은 없는가
아침은 오는데

까치놀

파란 하늘이 엷어진 자리
새털구름 몇 점이 내려다본다
수평선 멀리
푸른 바다가 검게 변할 때
해변에 서 있는 한 사람
무엇을 생각하는지
소슬바람이 일면
발치의 바다에는
잔물결이 일렁이고
물결 위에는
메밀꽃을 뿌렸는가
연분홍 복사꽃잎을 띄웠는가
황혼 빛의 물결이 부서지고 있다
반짝반짝

그리움

김 종 구

안타까움은 저녁노을 빛
빨강 노랑 분홍

색깔이 혼돈되어
아린 가슴

어둠이 덮어버리면
가슴 찢어지던 빛깔
사그러들고
사념에 잠긴다

그날들을 손꼽아 보면
밤하늘에
하나
둘
별이 돋는다

진달래꽃

진달래는 미친년
이 산 저 산
뻘겋게 피빛
묻혀 놓고

뻐꾸기 따라다니며
봄 산에서 울고 있다
뻐얼겋게

김종철 시인

사랑방시낭송회 상임시인
한국창조문학 · 예촌문학동인회 · 비존재문학동인회 · 시마을동인 · 한국
문인협회 회원

수면을 위하여

김 종 철

노을이
지친 눈 부릅뜨고도
바람에 끌려간다

멀리 찾아온 파도는
검은 리본을 단다

어쩌란 말인가
어쩌란 말인가

잠들지 못한 것들이 죽어야
사는 것을

반쪽사진

갈대밭 사이에서
모가지를 비틀어
바람이 뛰어가나 보다

원추리꽃 진 자리에
하얀 구철초 하나
들풀에 숨는다

아주 멀리
잊혀진 것들이
하나
둘
보이는데
반쪽 남은 자리에
설 수 없었나 보다

신발이 반쯤 잘려 있다

저녁 무렵

새도 눈물이 많은가 보다
조각구름이 젖어 있다

지천이 저물어도
찾지 않는 흔적

멀어지는 조각구름에
아른거리는 눈물

새가 저쪽에서
구름을 접어 던진다

기억하기에 떠난다

김 종 철 55

기억하기에 떠난다

또 그렇게 간다

사람도
짐승도
꽃들도
애틋한 가을도
사라졌다 찾아와서
또 그렇게 간다

한때 떠났던 꿈들이
오지않을 것처럼 간다

이제 내가 그림자 되어 간다

불면

들에서 늙었다는 사람
죽어서도 잠들지 못하면 어쩌나

무덤을 지나쳐온 바람뒤에
비가 내린다

봄꽃이 고독하다는 사람
새벽에는 어김없이 귀가 열리고
문밖에서 칼질하는 빗방울 소리
듣는다

뼈속에서 외로움이 욱신거린다는 사람
온 몸에 가을이 불면으로 떨어진다

반쪽남은 벌레소리
빗줄기에 잘려간다

노선관 시인

1939년 충남 서산에서 태어남
사랑방시낭송회 상임시인
시집 『산비둘기』, 『천수만 이야기』 외 다수

해동解凍을 기다리며 외 4편

노 선 관

호되게도 얼어붙었던 땅이
드디어 풀리는가 보옵니다
산모퉁이 어느 길섶에는
복수초의 노란 꽃잎이
잔설殘雪을 밀치고 올라오더랍니다

늦추위 지루하게 길었던 삼월
해동解凍을 애타게 기다리는
나의 창 밖으로
가끔 안개비에 묻어 오는 당신을
언뜻 언뜻 보기도 했었습니다만
당신은 이내 매서운 바람에 실려
어디론가 자취를 감추어 버렸고
그럴 때마다 나는
우중충한 하늘을 안고
종일토록 쩔쩔매야 했습니다

그러나 당신께서는
꽃바람 살랑거리는 어느 날
웃음 가득한 얼굴로
나에게 오시리라 믿고 있기에
오늘도 이렇게
볕드는 창가를 지키고 서 있습니다

두물머리 서정

노 선 관

넘치는 막걸리 한 사발이
찰찰히도 정스러울
두물머리 어디쯤에

속 틔운 신선인 양
멈춘 걸음 돌아보며
환하게 웃고 섰는

여보게
내킨 걸음인걸
세미원 꽃밭까지 들러
찬찬하게 둘러보다가

행여
수련睡蓮 닮아 눈부신
여인 하나 게 있거든

두손 받쳐
고이고이
건져 보시게나

* 세미원: 경기도 양평군 서종면 양수리에 있는 물과 꽃의 정원, 연꽃밭 조성
  이 잘 되어 있음.

밭고개의 경칩서경 驚蟄敍景

어제 경칩驚蟄이더니
오늘 바다는
하늘을 끌어안고 덩실거린다

살 오른 갯것들이
알 실을 날 받아 놓고
요분질을 치는걸까
마파람 너울에 잔뜩 신명난 바다는
발정發情난 갯것들에 치이어
환장하겠다는 물빛이다

끼룩끼룩 갈매기도 화냥기를 돋우어 날고
갯바위에 붙어 있는 따개비들은
겨우내 무심했던 속살을 열어 말리느라
봄바람에 사뭇 근질거린다

꽃게 철을 기다려
손질 끝낸 그물코가 벌름거리고
포구에 갇혀 있던 고깃배들 또한
들뜬 몸짓으로 술렁거린다

싱싱한 숭어와 주꾸미를 챙겨 받는
횟집 아주매 몸놀림도 신바람에 감겨
그 손에 받쳐들린 횟접시까지
덩달아서 즐겁다

생선회 한 점
초장 듬뿍 찍어 물으니
봄내음 물씬거리는 밭고개의 미각味覺이
입 안으로 가득
기氣를 세운다

* 밭고개: 충남 태안군 소원면 모항리에서 만리포 쪽 바깥 바다로 넘어가는 고
  개, 그 아래로 모항항茅項港이 열려 있다.

칼 갈아요

찜통더위가 기승을 부리는 날
아파트 뒷길 쪽에서 들려오는
칼갈이아저씨의 따가운 확성기 소리
　'칼 갈아요'
　'칼들 가세요'
내 의사와는 상관없이
칼 갈기를 요구당하고 있자니
짜증이 부글거린다

선거에 패한 쪽에서
이를 갈면서 품어대는
서슬 퍼런 한이
마른 하늘에 날벼락치듯 하더니만
아직도 성이 덜 풀린 것 같이 보이는가
그들을 향하여
　'칼 갈아요'
독 오른 소리를
연방 외쳐 대고 있는 모양새다

　'칼들 가세요'
요다음 선거판에서는
날 세운 칼로 바꿔 쥐고
적개심 돋우어 휘둘러야 한다는
주문呪文처럼 들린다

‘칼 갈아요’
‘칼들 가세요’
찜통더위를 뚫고 달려드는
저 주문으로 인하여
또다시 번열증이 도진다

처참한 얼굴

암놈 매미의 마음을 사려고
마지막 파열음을 쏟아내던
수놈 매미 한 마리가
목청이 끊어진 듯
나무에서 굴러떨어지면서
처절하게 파닥거리더니
내 발 앞에서
끝내 소리를 거두고 만다

제 울음 한 줄기를
시원스레 뽑아내지 못하게 되어버린
이 수놈 매미는
이제 매미가 아니다

그렇듯
언제부턴가 시가 쓰이지 않아서
울상이 되어버린
나 또한
이미 시인이 아니다
다만 육신이 해체될 때까지
잠시 죽음을 유예한 채
처참한 얼굴로
파닥이고 있을 뿐이다

먹감나무 시인

본명 정호영
사랑방시낭송회 회원
(사)한국수필가 협회 회원

먹 감 나 무

구천九泉에 뿌리내린 플라타너스
나락奈落에 고인 물 모아
곁가지 살찌우느라
땀방울마다 멍울지더니
강쇠바람에 맥 풀리자
멍털멍털한 몸 자국만 남겨둔 채
녹색 그늘 지워지고
새들의 노래마저 자취를 감추누나

십자로에서 방황하는 차량의 행렬은
꼬리가 없고
보도를 메운 발길은
자취도 남기지 못한 채
이어지고 이어지지만

넋 잃은 길손
빛바랜 머릿결 날리며
핏발선 눈가에 이슬이 얼어
찢겨진 낙엽에 발길을 멈추고
헐벗은 플라타너스에 몸을 비빈다

불땀머리에 귀기울이면
굳어진 고막을 간질이는 숨결소리는
구천에 잠긴 뿌리의 미련인가

얼어붙은 대지에서는
꽃불 타오르는 소리가
가녀리기 그지없다

나그네

가고 가도
기다리는 이 없는 길이라서
나그네
발걸음
걸음마다
서글픈
바람만 인다

돌고 돌아도
맞아주는 이 없는 길이라서
나그네
발자국
자국마다
고달픈
바람만 남긴다

해풍海風

길 잃어 헤매는
고향 잃은
밤바람

찢겨 흩어지는
그리움에 겨워
등대에 올라
불춤을 추면

설움은
돛대에 매달려
몸부림을 치는구나

우리

너는 내가 아니고
나는 네가 아니어서
너와 내가
눈을 마주칠 때
비로소 존재를 안다

네가 보는 곳은 나와 다르고
내가 보는 곳은 너와 달라서
너와 나는
더 넓은 세계를 갖는다

너는 내가 되지 못하고
나는 네가 될 수 없어서
너와 나는
함께라야만 한다

그래 그렇구나
내가 너이듯이
너는 나로구나

가자
묶여서 가자
우리로 가자
한우리로 가자

부딪치는 소리는
이제 그만
발맞추어
한우리로 가자

운우雲雨
  – 옹진군 대청면 천연기념물 제66호 동백

임 그려 허위허위 찾아든 대청고을
정염의 불꽃 피어 얼굴 붉힌 동백꽃
서리꽃 품속에 묻혀 구름비에 젖누나.

긴 세월 찬바람에 머리 흰 서리꽃
동지섣달 기나긴 밤 하 세월 지친 마음
동백꽃 품어 안은 채 구름비에 젖누나.

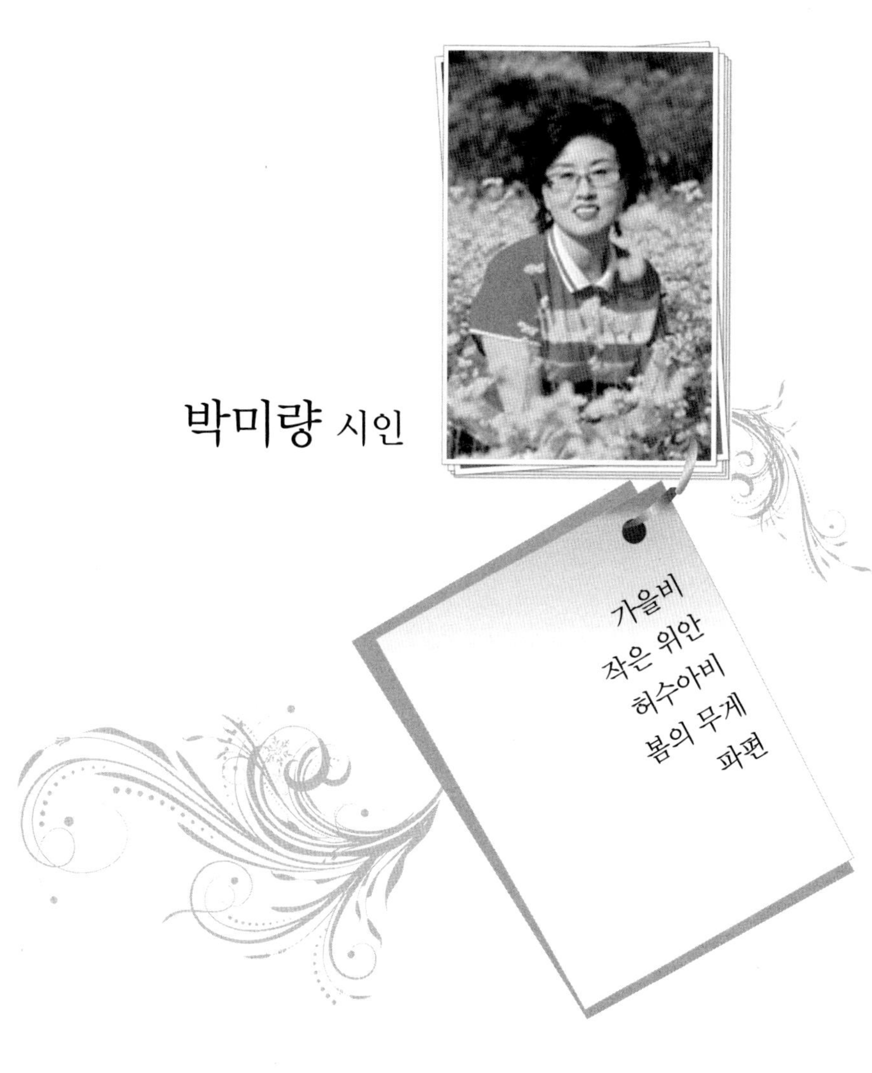

박미량 시인

월간 《한맥문학》 시로 등단
사랑방시낭송회 · 한국문인협회 회원
한맥문학 동인회 · 여울동인 · 예촌문학동인 회원

가을비 외 4편

박 미 량

추상秋像
자기의 허무이런가

연민의 비가
그리움을 무섭게
혼합한 비가

나무를 흔들고

날을 수 없는 새의
작은 떨림
메시지 하나 땅에 뚝 떨어진다

우리는 무엇이길래

절망하던
혹은
현기증 나는 기억

굽이치고 또 굽이쳐서
흐르는 빗물

이대로
비가 되어도 좋으리

작은 위안

박미량 75

있는 듯 없는 듯
수고로 하루를 얼이
땀으로 얼룩진
더위의 동반자

음식 찌꺼기
눈곱지 콧물까지도
닦아줄 네 몫인 양
겸허하게 담는 정성

이슬 떨군 눈망울의
모든 아픔 쓸어모아
적시고 또 지움 주는

색색이 유순한 겉모습
지님보다 더 귀한
손수건은 작은 위안

허수아비

바람 부는대로
비가 오면 비를 맞고
따가운 햇살이 반가워

농부의 웃음도
땀방울도 거둬들인
나는 허수아비

호화로운 차림새 아니어도 좋아
시름을 같이 삼켜도 좋아
또 눈물을 머금어도 좋아

풍성한 식탁을 꿈꾸는
지혜를 얻기엔
호된 경험이 필요 하잖아

봄의 무게

부푼 꽃망울
벌겋게 타오른다

빈 가슴에 꽃 잔치
꽃물 들어 앓는다

눈시울에 실린 별꽃
밤마다 낙화를 한다

쓸쓸한 순례
어쩌다
중력을 잃은 봄이 있다

파편

고요하지만
숨막히지 않는 바다에 왔다
영혼을 풀어놓고 싶은
물결 위로 햇살이 꿈틀댄다
일탈을 꿈꾸는
찬란한 자유
어딘가 가야 할 것만 같은
어디로 가야 할 지 모르는
그 순간
웅크린 파도가
세차게 부서진다

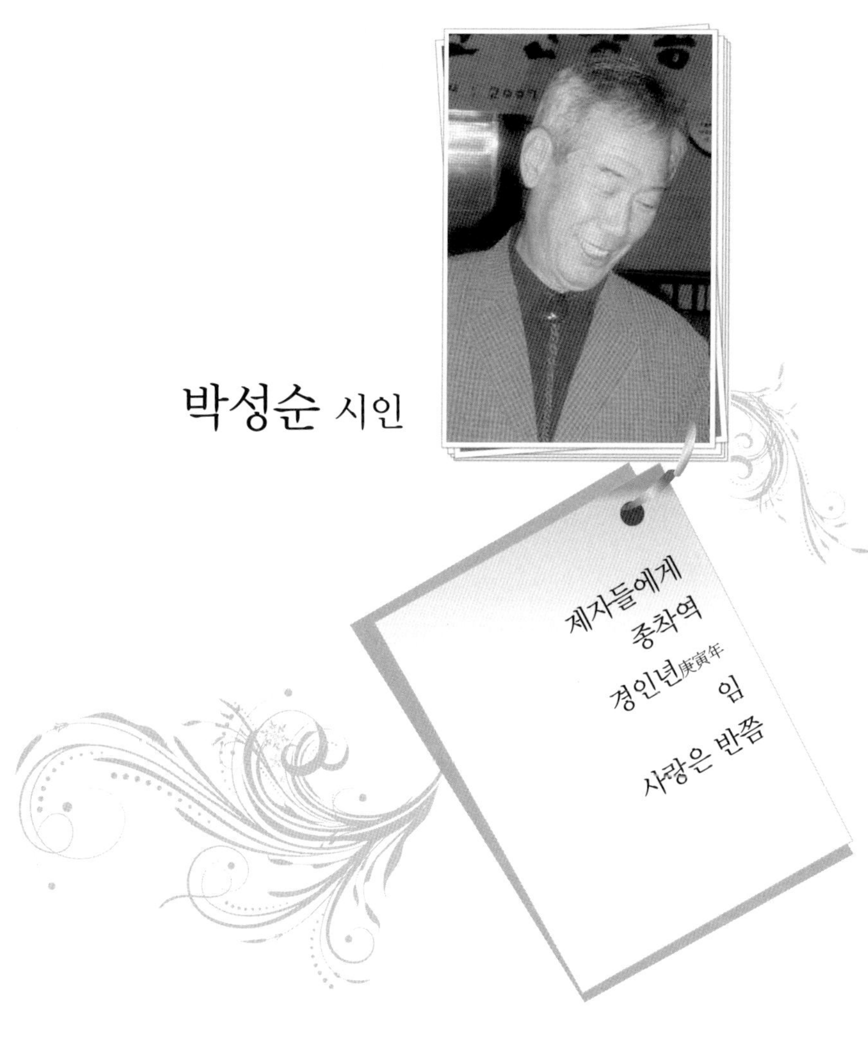

박성순 시인

경남함양 서상 출생
사랑방시낭송회 상임시인
한국문인협회 회원, 서울상업고등학교장 역임
저서 『난데이 고개 연가』, 『나의 敎育人生』, 『旅路의 사람들』

제자들에게 외 4편

박 성 순

남강은 끊임없이 새 강물이듯이
굽이치는 남강 여울 소리 들으며
새로운 내일을 위해 힘써 배우던
우리들의 젊은 날의 친구 여기 모였다

비봉산을 안고 휘몰아치는 북풍한설
귓전을 때리고 스치며 지나갈 제
끈기와 굳은 앞날을 위한 의지 하나로
오가며 다져온 너와 나의 우정이었네

한 울 속에 가르치고 배운 세월들
반백년이 붉고 푸르게 변하여 갔지만
우리들의 쌓인 정은 해와 달이 갈수록
옥돌처럼 뭉쳐 오늘이 되었구나

세월은 사람을 기다리지 않는다네
오늘 이 자리는 기쁘고 즐거운 날
학창시절 부푼 꿈이 살아나고
우리들의 지난날이 추억으로 피어난다

스승을 찾는 그대들의 향기 훈훈하구나
너와 나의 아쉬워지는 지난날들
제자인 것을 잊을 수 없는 세월
오늘이 되어 너는 나의 친구 되었구나.

* 진주고등학교 28회 졸업생(1958년) 제자들의 초대를 받고, 2009년 12월 1일.

종착역

박 성 순

삶의 종착역이 어디인지
가장 값진 세상을 그리면서
우리는 애증을 되씹으며 살고 있다

희로애락이 뒤범벅이 되는 여로
판도라박스에 두려운 낭만이 실린다
눈물과 웃음 모두가 아름다운 추억

장엄한 인생의 여로에서
풍요로운 생의 가치를 만끽하며
장님의 코끼리처럼 어루만지며 산다

생과 사 피할 길 없는 두려움이 쌓인다
여로의 끝자락은 어떠한 곳인가
떠나간 사람 한 글자 소식이 없다.

경인년 庚寅年

경인년(2010) 호랑이가 여명을 뚫고
동해 푸른 바다위로 붉은 해를 토하니
새로운 세상을 열고 새날이 밝았다
세상 사람들의 환성은 지축을 울린다

지나온 100년의 세월이
경술년(1910)을 잊지 못하게 하는 구나
치욕과 울분에 사무치는 그 날들이
이제 100년이 되는 해가 되었다

나라 잃은 갖은 고초와 험한 고비마다
밟고 밟혀도 다시 일어서는 길가의 잔디처럼
뼈를 깎는 나라사랑 절치부심 한 마음으로
우리들의 땅과 삶을 지키며 면면히 이어 왔다

일제로부터 대한민국을 되찾은 지 60여 년
6 · 25, 5 · 16 파란만장한 온갖 풍파 겪으면서
한 민족의 얼은 꺼지지 않는 등불이 되어
근대화로 매진하는 민족의 가슴에 불을 붙이었다

우리들의 피와 땀은 헛되지 않았다
86아세안게임 88올림픽, 2002월드컵을 주최
발전하는 대한민국을 만방에 알리게 하여
대한민국을 세계 속에 우뚝 서게 하였다

2010년 G20을 주최하는 앞서가는 나라
도움을 받던 나라에서 도움을 주는 나라
100년의 기나긴 시련과 극복의 세월은
나라가 웅비하는 값진 초석이 되었도다

호랑이는 굶주려도 풀을 먹지 않느니
경인년 호랑이의 포효는 어떠한 뜻일까
앞으로의 100년은 우리에 무엇일까
우리는 동방의 등불임을 후손에 물려주자.

임

하 그리 그리운 정
하루에도 몇번인가

오실 줄 모르오면
기다리지 않을 것을

뚫어져라 바라보는
달력이 애처롭다.

사랑은 반쯤

박 성 순

사랑은
반쯤 하는 것이 좋다
너와 나의 모든 것이라 해도
먼 훗날 슬픈 빈 자리를
나머지 반으로 채우기 위해

사랑은
반쯤 하는 것이 좋다
떠나가는 당신의 뒷모습에서
모닥불처럼 피어나는 끈끈한 정
반쯤만 감당하기 위하여

사랑은
반쯤 하는 것이 좋다
처절한 미련도 반쯤이면 좋다
너와 나의 갈림길에 서서
사랑의 통곡을 반쯤 하기 위하여.

사랑방시낭송회
www.cafe.daum.net/loveroom1994

박수진 시인

경북 예천 출생. 중앙대학교 문예창작과 동 교육대학원 졸업. 사랑방시낭
송회 상임시인, 한국문인협회 · 한국시인협회 · 국제펜클럽 한국본부 회
원, 관악문화원 문학아카데미 전임, 서울 성보중학교 근무. 영랑문학상 ·
대한민국 동요대상 · 전국규모 창작동요제 대상(작사) 7회 수상. '나의 별
에 이르는 길' 외 가곡 다수 발표. 시집 『밝은 거울』 외 4권.

길 위에서 외 4편
– 혜초의 말

박 수 진

길이 멀어도
갈 길이 너무 멀어 아득하여도
걸어서 닿지 못할 곳
세상엔 없다

종일을 걷고 한 달을 걷고
일 년을 걷고 십 년을 걸어보고
그래도 모자라면
일생을 걷고 걸어보아라

길이 멀어 막막하다고
아니면
돌아올 일을 미리 걱정해
주저앉아 울던 날 없었던가

어차피 한 번 지나가는 세월
한 번 뿐인 인생
걷고 또 걸어서
이르지 못할 곳 세상엔 없다

근황 近況
– 詩에게 하는 말

박 수 진

사랑을 버려두고 먹을 것을 찾아
저잣거리를 이리저리 헤매고 다녔다
사랑을 까맣게 잊은 채
전리품을 찾아 싸움터를 기웃거렸다
주린 배를 채워도
봄꽃 같은 화관花冠 써 보아도
돌아갈 곳은 오직 하나
오래고 오랜 내 사랑의 곁인데
욕망과 소란 속에 발을 담근 채
어느새 저무는 봄 앞에 서 있다
같은 일로 하여 두 번 다시 울지 않기로
스스로에게 다짐을 해 놓고도
숱한 사람들 끝내 울고 떠나간
저잣거리에
싸움터에
혼자 우두커니 서 있다

해오라기

오월 하루 길고 긴 날
종일을 무논에 서 있어도
얼굴 하나 타지 않는 해오라기야,
언제였던가
나도 너처럼 땡볕 아래 혼자 서서
올 리도 없는 사람을 하염없이
기다리던 적이 있었단다.
봄날은 짧아 쉬 가고
푸르고 푸르던 여름도 가고
이제 더는 기다릴 사람도 없어
하릴없이 길을 가고 있는데
해오라기야,
너는 아직도 그 옛날의 나처럼
목을 빼고 누군가를 기다리고 있구나
그날의 하얀 얼굴 그대로
생각에 젖어

산행일기

산이 좋아 산에 오르지만
작은 언덕만 만나도 헉헉대며 힘을 못쓴다
그러고 보니 젊은 날부터 이제껏
어느 한 번도 남을 앞질러 힘차게
산을 올라본 적이 없다
언제나 헐떡이고 앓으며 뒤따르는 산행

그래도 포기하지 않고 기어올라
겨우겨우 부끄러움을 면하곤 했다
그런 줄도 모르고
남들은 내가 순탄한 길 골라
쉽게쉽게 살아온 걸로 알지만
내 걸어온 길, 사실은
땀범벅 눈물범벅 오르막길이어서
지난날로 다시 돌아가고 싶은 생각
조금도 없는데……
오늘도 신음으로 올라온 산등성이
태극기 꽂을 히말라야는 아니지만
킬리만자로의 눈부신 정상은 아니지만
봄이면 진달래 다투어 피고
가을이면 단풍 빛 고운
나만의 소박한 정상
그곳에서 잠시 머물다 간다

사념思念 · 1
- 지금, 이 순간

내가 소란하면 세상이 소란하다
내가 아프면 세상이 아프다

단 며칠만이라도
신문을 펼치지 말고
텔레비전을 켜지 말고
휴대폰과 인터넷을 멀리 해보라

바람처럼 떠돌던 지친 마음
침묵 속에 붙잡아 앉혀 두고
지금,
지금 이 순간에
찾아오는 생각들 손님으로 맞으며
마음이 가는 곳을 알아차려 보라

…잔잔한 평안…

내가 고요하면 세상이 고요하다
내가 청정하면 세상이 청정하다

박영석 시인

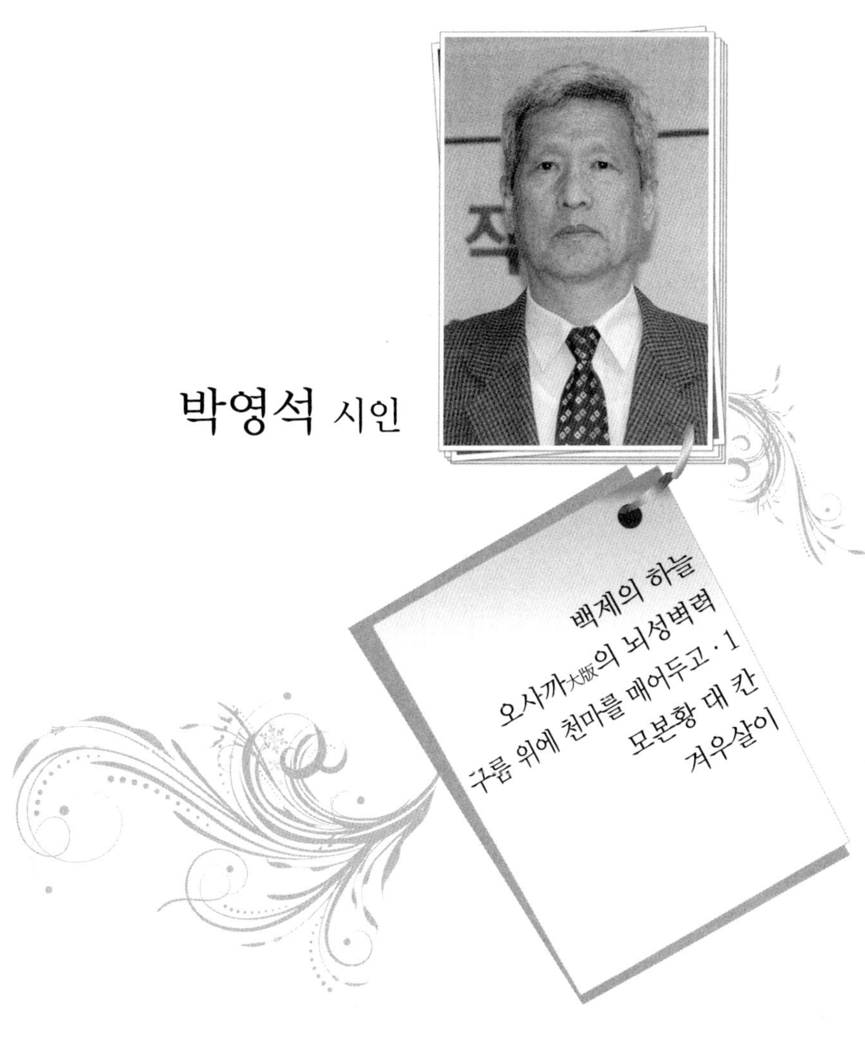

호 석산(石山), 경북 월성 출생. 월간 《문학세계》, 계간 《지구문학》 시 등
단. 사랑방시낭송회 상임시인, 한국문인협회 · 서초문협 · 사)세계문인협
회 · 불교문학작가회 · 한국현대시문학 · 전)세계시낭송협회 회원, 《불교문
학》 고문, 《지구문학》 작가회의 이사, 문학넷 동인, 전)서울 백양51산악회
장. 국제문화예술상 · 불교문학상 수상.
E-mail: yspark5943@yahoo.co.kr

백제의 하늘

석 산 박 영 석

먼 역사의 때 묻은 가슴을 열고, 눈 여겨
사서史書를 들여다보면
광활한 지나 대륙의 화려한 한 때

기름진 옥토 중원을 차지하고 도읍한 하남 위례성*
서역 길목 신강성新疆省* 토노번吐魯番*까지
존망의 시련과 역경을 이기고

황하 이남의 방대한 강역을 석권
지평선 아득한 광야에 황토바람 일으키며
눈 쌓인 산맥을 말달리던 백제 깃발

선조들 거친 숨결과 호탕한 웃음소리
하늘을 찌르는 웅장한 기상이
어제런 듯, 또렷이 눈앞으로 다가온다.

몽매한 지나인들 대양이 두려워 숨죽이고 있을 때
안개 자욱한 대륙의 동 남해 큰 바다까지
태평양을 틀어쥐고 대륙 같이 커다란 섬나라 열다섯 개
제후국으로 거느렸으니

동양의 해상 강국 백제는 천자의 나라
사대주의 유학자 편에 서서 식민사학의 왜곡을 편들며
망각의 역사 속에 묻어 둘 수만 없는 드넓은 대륙과 바다

사마천司馬遷의 사기史記*에 또렷이 기록된
언젠가는 되찾아야 할 땅, 우리 비디 백제외 하늘.

* 하남: 중국의 지명 하남성.
* 신강성: 천산북로 비단길이 시작되는 위구르자치구.
* 토노번: 실크로드의 지명 투루판의 한자식 명칭.
* 사기: 중국의 전한 무제 때 사가 사마천이 쓴 기전체 역사서(오제본기, 하본
  기 기록).
* 참고: 백제멸망시; 5방 37군 200성 76만호
* 고구려: 176성 69만 7천호
* 청나라 건륭제의[欽定滿洲源流考]조차 심양서쪽을 백제 땅이라 기록.
* 위례성: 현재 山西省 稷山縣; BC213년 유구태의 晋平二郡地나 BC18년 온조
  의 河南慰禮城(패수가 흐르는 낙양 서북쪽; 북쪽으로 帶水,漢水가 흐르며)모
  두 帶方郡 옛땅.
* 漢水란 陝西省 西京밑과 하남성 상류에서 湖南省 武漢으로 흘러가 長江과 합
  류하는 강으로 옛날부터 漢江이라 했으나 후에 이름을 바꾸어 漢水라 했지만
  지금도 武漢지방에서는 한강이라 부르고 있음.(上古史學會 古代史資料외)

오사까大版의 뇌성벽력

황폐한 역사의 훼손된 폐허를 뒤적거리다
동해 바다 거센 풍랑 속에서
천년을 떠도는 진실의 물비늘 한 조각 들여다보면

대륙의 문명이 외면한 미개의 땅
야만과 교활함이 무리지어 우글거리는 섬나라

삼국 병탄의 대망을 감추고
질풍노도처럼 바다를 가로질러 먼저
오사까大版로 짓쳐 들어간
영무한 신라 태종대왕太宗大王의 정벌군征伐軍

벼락 치듯 적도의 소굴을 두들겨 뒤엎어버리고
뚝뚝 떨어지는 백마의 피로 항복의 맹세를 받아낸 후

패가대로 돌아와 박제상朴堤上*의 충혼을 달래고
월산성을 향해 석우로昔于老*의 분노한 영혼을 위로한다.

서역 말 잔등에 높이 앉은
기골 장대한 서라벌 동정군東征軍의 삼엄한 깃발아래
왜국 군신을 몰아 무릎 꿇고 기어가게 하였으니
들끓던 태평양 물결도 숨을 죽인다.

서토백제西討百濟 북정고구려北征高句麗
삼국통일의 기틀을 다져간 태종제太宗帝의 북소리
장강*변의 윤충尹忠*은 언제쯤 들었을까.

* 박제상: 왜국에 볼모로 가있는 내물왕의 아들 미사흔을 귀환시키고 화형을
  당한 신라 사신.
* 석우로: 나해왕의 태자 231년 가야를 이기고, 233년 왜적을 쳐서 이기고,
  244년 서발한이 됨. 249년 왜인에게 죽음.
* 윤충: 양자강변에서 당나라 정벌을 위한 북벌군을 조련하던 백제의 충신.
* 장강: 지나 대륙의 양자강.
* 참고: 조선상고문화사, 승사록, 일본연대기.

구름 위에 천마를 매어두고* · 1

잔디 푸른 서라벌 대 능원에 누워
아직도 잠 깨지 못하는 이 누구인가

뒤틀린 역사의 굴곡 깊은 골짜기에서
민족정기의 새로운 깃발을 다듬고 있는 이

저 멀리 구름 위로 우뚝 솟은 할라*를 바라보며
웅장한 시간이 머물다 가고
무한대의 자유가 바람으로 흐르는 초원에 둘러 앉아
옛 알타이 언어로 거서간*을 뽑던 기억을 더듬으며

대륙의 광야를 지나 흑룡강, 압록수를 건너와
서라벌 무덤 속에 잠든 이 누구인가

대륙의 황토바람 불어올 때 마다
북반구의 말발굽소리에 가슴 저려 뒤척이던 이

민족정기의 담장을 와르르 무너뜨리고
역사의 허리춤에 비수를 꽂아대던 사대주의 유학자
조국의 심장에 총칼을 디밀던 식민사학자들이
시궁창에 던져버린 승전의 조각들을 가슴에 주워 담으며

눈보라 사나운 들판에 내몰린 역사의 등줄기를 쓰다듬으며
트라키아 지방 켈트식 파(태극)무늬,
그리스식 소용돌이무늬, 비잔틴식 메달무늬 새겨진

지상에서 가장 존귀하고 찬란한 장검을 들고
분연히 일어설 듯, 서쪽 대륙으로 끝없이 짓쳐갈 듯
장엄한 모습.

모본황 대 칸

영원한 침략자 지나支那 대륙의 한漢나라
후한을 일으킨 광무제
교만한 유수의 조공을 받아낸 이 누구인가

사대주의 유학자들이 까무러칠 거금 2억 7천만 전錢
해마다 공납으로 조공 받은 가우리* 대칸
제5대 모본황제 2년

우북평*, 어양*, 상곡* 산서성 태원*까지 정복한
용맹한 북반구의 최강자
광무제는 난주로 쫓겨가 요동군을 세우니

노예근성의 사대주의 식민사학자인들
고개 돌려 외면하며 끝내 모른다 하겠는가

교활하고 음흉한 춘추필법은 은신이란 곡필로 감춰보지만
요동태수 제융전에 기록된 진실은 조공인 세공

고구려, 선비, 오환 3국의 대 칸이 되어, 요동지역을 회복하고
옛 강토 직예 동 몽고지역에 웅거 남하
광대한 한나라 강역을 거침없이 유린하여

광무제 유수의 숨통을 조이며 대륙을 호령했던 위대한 선조
겨레의 영원한 황제 별
대륙을 무릎 꿇린 빛나는 대 칸.

* 대칸, 선우: 삼국시대 오나라 손권이 고구려 황제에게 구원을 청할 때 사용
  한 호칭.
* 우북평: 지금의 하북성 영평부
* 어양: 북경 북쪽 60리에 있던 옛 현
* 상곡: 지금의 산서성 대동부
* 광무제(BC6–57): 전한 말 왕망이 망하고 후한을 일으킨 인물.
* 제융: 혹은 채동. 요동태수. [후한서]에는 제융으로 기록.
* 태원: 당나라 이연, 이세민 부자가 일어난 곳.
* 가우리: 중국인들이 고구려라 기록하기 전 고구려의 본래 명칭(조선상고사).
* 춘추필법: 공자가 노나라 역사를 다시 쓸 때 군주의 치욕을 기록치 않은데서
  사서의 거짓기록이 유래함.

겨우살이

텅 빈 허공의 끄트머리라도 좋다
이 겨울을
살아남을 수만 있다면.

비웃지 마라
비굴보다 처절한 것이 생존의 고통임을
배부른 너희는
알지 못한다.

삼동의 한가운데
시퍼런 창공의 심장을 거머쥐고
칼바람 눈보라에
던져둔 목숨.

절망의 절정을 간신히 디디고
흔들리는 가지 위에
집을 짓는다.

* 겨우살이: 깊은 산속 높은 나무 위에서 겨울을 살아가는 기생식물.

사랑방시낭송회 상임시인(총무), 국제펜크럽·한국문인협회 회원, 《한국
문인》 시 신인상, 문학공간상(2010년 본상) 수상. 1968년 중앙일보 중앙
시조에 수록되었으며, 구름재 박병순 시조시인으로부터 사사받음, 시집
『꽃 아래 마음의 거울, 놓고』, 『하늘로 보내는 편지』. 공저 『아름다운 아픔
의 목숨』 외 다수.
E-mail: barkilso@hanmail.net

가을바다 외 4편

박 일 소

누가 남기고 간 발자욱 일까
파도치는 가을바다 모래톱에 점점이 찍힌 발자욱은
누가 남기고 간 사연일까
철썩이며 뭍으로 끝없이 밀려서 오는 파도, 파도소리는

파도는 뭍으로 밀려 밀려서 오는데
영원히 오지 못하는 너에게
죽도록 보고 싶다는 말대신 많이 많이 사랑했어 외쳐 불러도
갈매기 날개에 실려 바다 멀리 사라지고
아픈 가슴에 피는 네 얼굴만큼이나
가을바다에 지는 노을만 붉다

미인 한잔

* 미인: 초리골인삼찹쌀막걸리

어이 여보게 자네
비울채울에 오면
미인 한잔 채워 보시게
이곳 주인이 시인이라네
시도 한잔 채우고
그리움도 한잔 채워 보시게
미움과 증오는 비우고
사랑과 정은 가득 채워 보시게
어이 여보게 자네도
미인 한잔 주시게나

* 2010년 7월 24일
* 미인: 초리골인삼찹쌀막걸리

노신사 노선생님

은발의 노신사
노선생님
성씨도 노씨다
빨간체크무늬 넥타이에
금테안경 눌러 쓰신
노선생님
낭송시인의 모습
행여 놓칠세라
세월의 찰라를 디카에 담기에
여념이 없으시다

가슴속 영혼의 무게로 간 아들

24g의 영혼의 무게로 하늘로 가서는 오지 않는 아들아
서른 아홉 나이에 너를 처음 잃있을 때 친히를 안은 듯 많
은 기쁨을 주었던 그리운 아들아 너는 3,8kg이었다
3,8kg의 무게보다 더 가벼운 새털같은 24g의 영혼의 무
게로 훨훨 날아 가고 다시 오지 않는구나
의정부 성모병원 응급실에 있었다는 의사
이승의 1년은 저승의 1달이라고 어미의 타는 가슴에 위로
의 말한다
21g 24g 50g 의견도 분분하지만
프랑스 의학박사가 사람이 죽어 시신을 달아 본 무게와 살
았을때 달아본 무게의 차이를 영혼의 무게라 했단다
네 영혼의 무게는 모든 희망을 한꺼번에 잃어버린 어둠이
었기에
너를 잃은 이 엄마는 네 무게가 너무나 커서 잴 수도 없는
가슴속 영혼의 무게로구나

모악산을 오르며(시조)

미치리美峙里 돌아서
은상대 오르면
산의 숨소리
들리는듯 말런듯
야호호
외쳐 부르면
되울리는 그음성

구름도 자고 가는 봉우리
발 아래 굽어 본 산산산…
골마다 산내음
피어나는 저녁안개
이마음
청산을 배워
절로 산인 되었네

* 1979년 가을

송동현 시인

2001년 시집 『꿈을 펼쳐』로 작품활동 시작. 사랑방시낭송회 상임시인, 《다시올문학》 편집장, 한·일 아쉬람사진작가회 회원, 도서출판 담장너머 대표. 시집 『꿈을 펼쳐』 외 동인지 다수.
E-mail: najinu@empal.com

물방울 외 4편

송 동 현

흩어진 말들
가슴에 하나하나 박혀들 때
부동액을 확 들이키면
등푸른 칼바람 이겨낼 수 있을까
황금빛 용포 휘날리는 갈참나무
궁예의 마지막 설화 되살리고
무지치폭포의 마지막 기도
흩뿌려지는 무지개

흘러야만해
그래도

햇살 맑은 일요일

혼자가 싫어 거리로 나왔다
행복해 보이는 사람들 사랑을 하나보다
더 혼자가 된다

누군가를 기다리는지 이어폰 끼고 책을 보는 소녀 다가선
남자의 손끝에 환하게 웃는다 상영관 안으로 손잡고 들어가
는 그들을 보며 혼자라도 봐야지 했던 용기가 사라져버린다
반가운 이름 몇 개를 찾아 통화버튼을 눌러보지만 이십여
분 시간만 지났을 뿐 함께할 사람은 없다 지금 건너편 주인
잃은 의자만큼 커피가 식어가며 떠벌린다
　올 사람 하나 없는 혼자래요

가을이라서 외로워하는 것은 아냐
외로움을 핑계대라고 가을이 와준거야
낮은 변명을 해본다

시간을 취하게 하다

하루를 반으로 잘라 오전 오후
밤과 낮으로 나누고
시간으로 쪼개어 열둘에 열둘을 만들고
열둘을 하나씩 끄집어내어 육십으로 만들고
또 육십으로 만들어 팔육사공공
다시 뭉쳐 셋으로 나눠
둘팔팔공공 잠을 자고 다른 하나는 일을 하고
또 다른 하나는 생활이라 부르지
가족과 웃고 운동을 하고
여행을 가지

더도 덜도 말고 남들만큼만
남들처럼만 하고 싶을 때 시간을 뭉쳐본다
일일일일일밥일일일일일 잠잠 일일일일일일일밥일일일 잠잠
밥 하나가 부족하고 잠이 네 개 부족하고
여덟 개의 생활이 언제부터인지 일
뭉치고 뭉쳐 칠일을 만들어
열 개만 빼서 친구 가족과 보내고 싶은데
운동운동운동 세개를 빼기도 버겁다

여섯 개는 빼고 싶은데
봄이 오면 봄이 올 때까지
네 개로 사십이점일구오킬로미터를 달려야는데
그러고 싶은데 그러기위해서는
일 두 개는 운동운동이 필요한데

두 달이라는 기간 동안에 모처럼 생긴
열 개를 운동 가족이 아닌 술술술 술술 술술술 가물가물
내가 마신 술에 세상도 취한다
너무너무 소중한 시간을
취하게 한다

사랑火

더 뜨거운 것을 보지 못했습니다

아니 아니 그렇게 뜨거워지는 둘 아니 하나
허공을 유영하다 끝없이 떨어지는 나락
더 이상의 아무것도 보이지 않는 떨림
들리지 않던 그 순간 진흙 속에서 피어나는 연화
겹겹이 빨간 잎 겹쳐 입은 장미
하얀 목련 백옥보다 깨끗한 속살
불을 뿜던 용접봉이 만들던 집채만한 배
사랑木 당신 참나무 장작 열기
솟구치는 활화산 뜨거운 용암
너무나 향기롭게 끓어오르던 火

더 뜨거운 것을 느낄 水 없을 것입니다
사랑
火

쏟아지는 시간에

하늘을 가로막던 벽돌담
이제는 옆 골목 간판도 가리지 못해
군침도는 달고나는 없지만
아이들의 발길을 잡는 구멍가게
하늘에 좀더 가까이 가고 싶어
뒷동산에 올라도 멀기만한 하늘
운동장은 지워진 기억만큼 작아지고
향나무 속으로 기어올라 숨박꼭질하던 까만 얼굴
가시에 찔려 울상짓던 아이
수도꼭지에서 쏟아지는 시간을 잡으려
흘러내리는 손가락 사이 기억들
뛰어볼 엄두도 못내는 운동장을 봐도
돌아갈 수 없는 여행

하늘은 늘 그 자리 벽돌담에 닿아있다

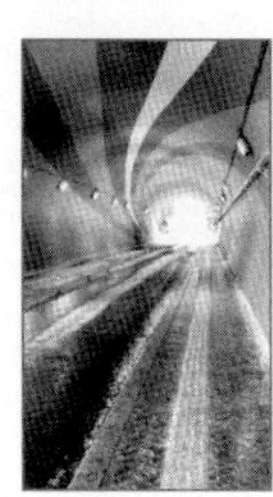

사랑방시낭송회
www.cafe.daum.net/loveroom1994

윤제철 시인

사랑방시낭송회 상임시인, 국제펜클럽한국본부 · 현대시인협회 · 호서문학회 회원, 한국문인협회 남북교류위원, 한중문화교류협회 회장. 서울교원문학회 · 강서문인협회 부회장, 시심 동인, 회원, 월간 《문학세계》, 시전문 계간 《시세계》 편집주간, 영등포공업고등학교 교사. 시집 『고향생각 한 잎』, 『꼭끼는 삶의 껍질』 외.

이파리 꽃 외 4편

윤 제 철

매화꽃이나 산수유 피는 걸 보고
덩달아 뛰어나가
봄소식 전하려 서성이다
너무나 일러 이파리도 없이 떨었다.
엉겁결에 서둘러 피워놓고
정성을 들이지 못해
못마땅한 꽃송이 떨어뜨리고 나서
가지와 이파리만 흔들었다.
꽃 피우려 남들이 애쓰는 동안
바라보기 멋 적어 뒷걸음질만 치다
목이 말라 잎이 빨갛게 타버렸다.
봄에 핀 꽃도 아름다웠건만
해마다 아쉬워 발을 구르다가
꽃보다 더 고운 이파리
나무를 멀리서 바라만보아도
꽃밭 마냥 활짝 피었다.

음악회에서

윤 제 철

조명등이 밝은 천정 위에서부터
폭이 좁고 결이 얇은 소리 한 겹 두 겹
해금에서 나와 달라붙고,
낮은 바닥 아래에서부터
폭이 넓고 결이 두꺼운 소리
첼로에서 나와 쌓여 높아지면서,
음악회 무대 위에는
많은 소리들이 모아지고 있었다.
피아노 건반을 두드리는 연주자의 손으로
잡아당기는 소리에 매달은 줄은
자리 잡고 앉으려는 소리들을
잡아당기거나 놓아버리는 바람에
허물어져서 나동그라지고
괸객석으로 굴러 떨어저버려
서로를 구분할 수 없도록 뒤섞어져
색다른 소리로 입을 맞추고 있었다.

기적奇蹟

지붕 없는 장미원은 비가 쏟아져 내려
시낭송회를 이곳에서 못할까봐
상한 마음을 태우며 그치기를 외웠다.
무모하다고 생각할 만큼 시간이 지나
고개를 들어 위로 바라보니
바램이 그 곳에 닿았을까,
가렸던 구름이 엷어지고
바람에 밀려 파란 하늘이 열렸다.
비를 맞고 수그렸던 장미들은
구겨진 마음에 웃음을 찾은
시인들의 얼굴에 활짝 피었다.
시낭송은 대공원 곳곳에 숨 쉬고 있는
많은 생명들에게 찾아다니며 속삭이듯
희망과 사랑을 나누었다.

하늘

윤제철

땅에서 공원에 올라오니
하늘과 훨씬 가까워져
두 손을 올려 보아도 잡히는 하늘은
억새를 울리는 바람과 노는 재미에
공원을 떠날 줄 모른다.
숨바꼭질에 열중하던 아이들한테 들켜도
놀라지 않고 어깨동무하고 놀자고
귀에다 속삭이며 사정을 한다.
너무 높고 멀어 만날 수 없고
바라보기조차 무서웠는데
알고 보니 친절하고 부드럽게
하늘공원을 지켜주는 아저씨였다.

석모도 아침

새벽 찬 공기를 짊어지고 해변으로 나왔다.
바닷물은 어디로 놀러나갔는지
갯벌은 속살을 드러낸 채 놀라서 몸을 움츠렸고,
이름 모를 바위들은 나이테처럼 띠를 두른 채
지난 세월을 이야기하고 있었다.
같은 직장에서 여러 해 지내왔더라도
생각하는 길이 서로 다른 사람들이
마음의 다리를 놓고 건너다니다가
이곳까지 달려와 호흡을 함께할 수 있는
인연의 끈을 문학은 이어주었다.
남들보다 표현욕구의 영역을 하나 더 갖고
살아보자 노력하는 동아리 회원들에게
곱게 깔린 모래알들이 들려주는
따뜻한 격려가 석모도 아침을 열었다.

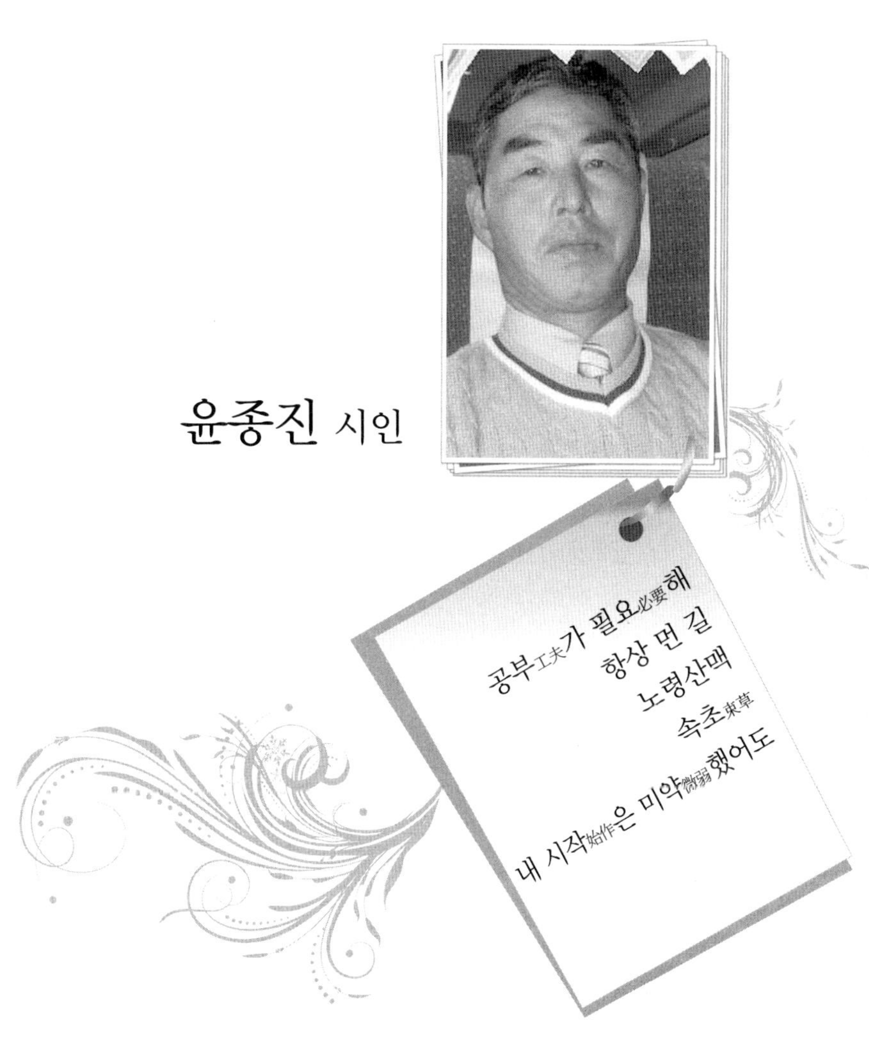

전북 정읍 거주 농부, 2008년 《현대시선》 가을호 시로 등단, 현대시선 가을 호 현대문학 우수 작품상 수상. 현대시선 작가협회 정회원. 공저 『수레바퀴 · 3』, 『시어를 구속하지마라』.
E-mail: 14277998yun@hanmail.net

공부工夫가 필요必要해 외 4편

독 야 윤 종 진

이제는 끝으로 알고 싶고
끝으로 느끼고 싶어

넓은 바다도
백사장이란 끝이 있잖아

그렇듯이 내게도 끝이 있는 거
어제 퇴근길에 발견했는데

숫자도 제법 되는 것 같아
제일 가까운 거리

가슴에도 끝이 있었어
몇 정거장 걷는 기분이 느껴질 쯤에

손가락 열 개도 있었는데
모두 끝이 있었어

또 입술에도 끝이 있고
그 속의 혀에도 끝이 있다는 것은 덤

이제
어떤 끝을 어떻게 사용 하는지는 공부工夫가 필요必要해.

항상 먼 길

윤 종 진

아릿한 젖향이 나고
꿀물이 흐르는 곳
기러기가 한 줄로 날고
내 님도 한 줄로 살고 있는
나침반이 가르키는 정확한 북쪽
그 길로 나는 간다
열두 시 방향의 서울
콕 찍은 중심점
그 이름 光化門.

하늘에는
해가 있고 날이 있고 별들도 있듯이
이 광화문 마당 뜰에도
네가 있고 내가 있고 우리가 있으니
우리가 딛은 여기도 하늘이 아닌가
우리에게는 몸이 있으니 가슴이 있고
가슴이 있으니 마음이 있는 거
맞닿자 가슴끼리 마음끼리
그래서 나는 항상 먼 길을 자꾸자꾸 또 간다.

노령산맥

내가 일하는 일터 가운데 하나
떡공장
이 떡공장 앞으로 흐르는 작은 골짜기
여기에는 물이 흐른다.
흐르는 물속에는 그저 그러려니 하는 모양의 돌들과
흰 모래들이 그럭저럭 어울려 있다.
이 모래와 돌맹이들은 시골 농부들의 모습처럼 투박하고
거칠다.
이 물의 근원이 되는 곳은
등에서 땀이나게 물을 거슬러오르다 보면 큰 산이 가로막
는다.
여기까지가 인간의 영역
온통 나무의 세상이고
산의 세계이다.

그래서 물이 맑고 깨끗하다.
인간의 손이 많이 닿지 않은 곳이다.
지리 책에는 노령산맥이라고 표기된 산
지금 이 산이 그 곳이다.
나는 이 산을 매일 만지고
또 그 산이 주는 물을 마시고 있다.
우리는 수돗물이 위생적으로도 좋고 깨끗하다고 말들을
한다.
허지만 그 건 아닌 것 같다.

물을 가라앉히고 걸러 소독약까지 뿌려서 먹고 있으니 말
이다.

나도 사람이기 때문에 먹고 마셔야 한다.

허나 거르지 않은 물, 소독약을 뿌리지 않은 물을 다는 아
니지만

마신다는 게 특혜特惠가 아닐까.

속초束草

束草

2回 初가 끝나고
無死 첫 打者
選球眼이 있어
볼 넷을 고른 나는
束草까지 걸어 나아갔네.

束草
내 님이
두 손으로 잡고
두 발로 딛고 있는 땅
바다가 가까웁고 산이 가까워.

손을 뻗으면
짭짤한 바닷물이
손을 적시고
발을 뻗으면
따끔하게 찌르는 앙칼진 솔잎.

나도
짜릿한 걸 만나보고 싶어
벗을 것 벗고
뗄 것도
붙일 것도 모두모두 정리.

그래서
나는 너처럼
너는 나처럼
몸은 몸끼리
마음은 마음끼리.

먹고 마시고
마시고 먹고
넌 송충이가 되었고
난 여기저기 뾰쪽뾰쪽
마침내는 솔잎.

내 시작始作은 미약微弱했어도

내가
엄마가 되어갔다
다 큰 아이 하나
가을에 피는 꽃처럼
굵고 길게 피었다.

둘은 싫어
율화향栗花香도 여릿하게 하나만
먼 옛날의 추억처럼 붉게 핀단다
젖소는 꼭지를 네 개라는 거
세어본 이 아직 없겠지만.

코스모스는 긴 모가지 하나
그 잎은 많아
세어본 이가 없을 껄
내 젖은
모유母乳가 아니지만.

특파원特派員이야
아픈 마음을 달래주는
걸쭉한 미음 같다는 거
산전産前
산후産後에도 탁월卓越하다는 사실事實.

이문호 시인

《지구문학》 등단.
사랑방시낭송회 상임시인
한국문인협회 · 세계시문학 연구회 회원
시집 『어머니 인간의 천수가 120이랍니다』, 『기구한 인생 서사시』
Haiku 집 『한국의 하늘 일본의 하늘』

시간 외 4편

록원 이문호

어릴 땐
時針과
나란히 걸음마하고

바쁘게
생활의 터 닦을 때
分針은 기다렸었다

발걸음이 느려지니
秒針이 날 이끌고
정신 없이 달렸다

그리고
피할 수 없는
블랙홀 문턱에
끌어다 놓고 사라졌다

도로원표에 걸터앉아

옆 서울광장에선
북한 인권법을 반대하는 데모가 한창이다
미국의 인권 운동가 "수전 숄터"는
"훗날 역사는 북한 주민들이 고통 받을 때
대한민국은 무엇을 했는가?"라고 하였다니
과연 무엇이라 대답할 것인가?

이런 저런 생각을 하며
동서남북 표석으로 둘러쌓인
도로원표에 걸터앉았다
동쪽으로 1,150킬로미터에 도쿄
서쪽으로 8,976킬로미터에 에펠탑이 우뚝 섰고
서북 390킬로미터에 내 고향 신의주가 있다
456킬로미터의 부산보다 더 가까운 곳에

서울에서 아침 먹고
간식으로 냉면 먹고 돌아 올 고향
육십 년이 넘도록 간식은 커녕
젯상 받게 되었으니
고향 길 보다 가까운
본향 길

수평선

바닷가에 서면
모래사장
잔잔한 수면과 순풍
때로는 폭풍 해일이 보인다

눈을 들어 아득한
바다와 하늘이 맞닿는 곳
그곳을 보라
거기에는
아무것도 일어나지 않는
수평선뿐이다
바다도 하늘도 없는
이승도 저승도 아닌

자유

사무집기 위에서 방방 뛰는 자유
의사당 문 부시는 자유
죄인의 형량 마음대로 정하는 자유
남은 어떻던 자기만의 자유
이런 것들이 진정 자유라 하자

총구로부터의 총알도
자유로이 날아간다면
과녁은 정녕
제일 가까운
자기 자신이 아니랴

낙지찜

유리 지붕 밑 무쇠 방석에
큰 낙지 한 마리
팔다리 모두 잘리고
눈을 껌뻑이며 앉아있다
이윽고
방석이 데워지고
방안이 뜨거워오자
온몸을 비비 틀며 괴로워한다

낙지여 너 무슨 죄 있어
불의 지옥으로 던져지고
인간에게 지근지근 씹히느냐
원래
인간이 잔인하여 그러니
인간을 용서하고
그대 영혼이나마
안락한 곳에서 편히 쉬어라

이순정 시인

월간 《한맥문학》 등단, 사랑방시낭송회 상임시인, 한국문인협회·복사골
문학회·부천시인협회 회원, 산우물, 여울동인. 제2회 창세문학상 장원.
공저 『유효기간』, 『한가위엔 연어가 된다』, 『광화문을 지키는시인들』.
E-mail: stowe1218@hanmail.net

늦가을 을왕리 외 4편

이 순 정

밀어낼 수 없는 바다
파도를 타고
살바람 모래 속에 숨어
사각거리는 맨발이 아찔하다

숭숭 바람 든 마디마디
자근거리는 메아리로 떠돌고
너머로 보이는 웃음이 싫지 않아
실랑이 아닌 실랑이 주고받는
물살과 물결의 일렁거림
늦가을 그림으로 내려앉는다

차거운 손가락 끝
인사
따스함이 솜사탕마냥 부풀어
을왕리 모래밭
숱한 이야기로 찍힌 발도장
멈출 줄 모르는 속살거림으로 다가선다

끝내 담고 있어야하는
무거움을 달고
하얀 시트 위 선홍빛 물든
노을의 자국
바다를 뒤로 두고 가던 길을 접는다

거미를 사랑한 여자

그 새벽 여자가 죽었다

벽과 벽 사이에 줄을 쳐
벽과 벽 사이에 몸을 숨긴 채
미움의 고리와 용서의 고리가
빈 줄 위에 돌돌 말려
마비되어 숨통이 굳어갈 즈음
야금야금 체액을 빨아먹는 거미

독과 독이 부딪쳐
약이 아닌 약을 만들고
약과 약이 부딪쳐
독 아닌 독을 만들 때
빈 줄 위에 가슴을 내주고
널뛰던 한밤이 그렇게 밝아 올 무렵

내려앉은 눈두덩이 끌어올려
동쪽 하늘길이 열리고
잠들었던 거리가 하나 둘 깨어나면
바들거리는 심장 거미에게 나누어준 여자는
느리면서 빠른 초침소리에
발끝을 세워
에리뉴스 고개 떨구던

새벽길을 나선다

* 에리뉴스: 그리스 신화에 나오는 복수의 여신

눈부처

오늘도 반사反辭

때때로 낯빛을 바꾸는 하늘
지나던 새의 그림자로
일어서는 바다
말들을 담고 버티어선 산
보이지 않는 바람
깃발을 흔든다

받은대로 넘겨
고스란히 본 것만
'레드썬'
최면조차 그대로 부메랑
남아있지 않는
심장을 가르고 있다

초록불이 켜지다 빨간불
지금은 황색불
반사하려 하면 할수록
흡수해버리는
거울에 흡수장치 달아논 넘

누굴까

* 눈부처: 눈 속에 비친 모습을 일컫는 우리말. 이 말속에는 상호공존의 뜻이
  있다.

눈속임

이 순 정

바람이다

옷깃을 흔들다
담장 넘어
있는 듯
없는 듯
양지를 만들다가
햇살 불려가고
이리저리 이끌리다 보면
어느새
매지구름
찰나의 모습을 바꾸어버린

바람이 아니다

* 매지구름: 비를 머금은 검은 조각구름

쓰러진 향기 그림자로 일어선다

회색 솜솜이 솜털을 벗고
봉긋 솟은 가슴 닮은
눈부신 목련
피기도 전 하나 둘
양손 가득 거머쥐고 엘리베이터에 오른다

수증기 토해내는 냄비 속
설핏설핏 데치어
풀죽은 목련
햇살 좋은 창가
귀퉁이 자릴 잡는다

점점이 빠져 나가는 물의 기운
산란한 하늘이 어른거리고
흔들리는 눈빛 붙들어
마른기침 삼키다
유리병 속 화석으로 앉을 때

바람과 하나되어
한줌 햇살과
우리면 우릴수록
향기
짙어가는
목련

그 옆
한치도 못된 그리움 펼쳐 놓으면
쓰러진 향기 그림자로 일어선다

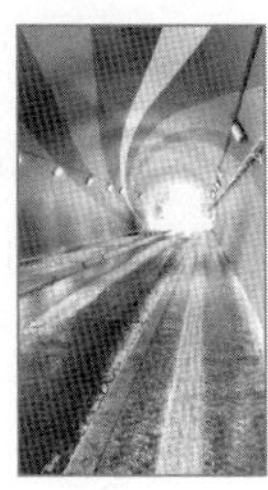

사랑방시낭송회
www.cafe.daum.net/loveroom1994

이오례 시인

호 木蘭, 전북 정읍 출생. 장안대 문예창작과 졸업. 《시마을》로 등단. 사랑
방시낭송회 상임시인, 국제펜클럽한국본부·한국문인협회·한국시인협
회 회원, 시마을문학회 광명문인협회 사무차장. 목란문학회 회장. 괴테문
학상, 경기문학상 공로상, 마포문인협회 공로상 수상. 창작 시 가곡 발표
'가오리연' 문학의집 서울 공연, 개화 예술공원 시비 「섬」, 마포 삼개백일
장, 광명백일장, 민주평통 백일장 심사위원. 시집 『봄이 슬픈 이유』, 『그대
라는 그리운 섬 하나』. 동인지 『지상을 채워가는 언어들』 외 다수.
E-mail : lee5176lee@hanmail.net

겨울속의 긴 의자 _{외 4편}

이 오 례

간간히 그 위로 눈이 덮이고
추운 바람만 다녀갈 뿐
사람의 온기가 끊긴 계절,
누구나 긴 의자에 등을 대고 한때는
고민과 수다를 내려놓았다

지난날,
고향집 툇마루처럼 훈훈한 자리
멈춰진 나이테 위로
무뚝뚝한 찬바람이 지나간다

지치고 힘든 마음에게 나는
편안한 의자가 되어준 적 있었는지
겨울 한복판에서 꽁꽁 언 손등을
녹여준 적 있었는지
저물어가는 시간 앞에
마음을 조용히 열어본다

쓸쓸한 공간에서 봄의 기척을 엿듣는
겨울속의 긴 의자
계절 위에서 생각을 모으는 중이다.

땅따먹기

어릴 적,
키 작은 나무가
돗자리만한 그늘을 빌려주었다

땅따먹기 놀이를 좋아하는
건너뜸 친구가 뛰어와
반나절이 채 되기도 전
나무 그늘을 야금야금 따먹었다

사십년이 지난 지금, 친구는
땅따먹기에 바쁘게 살아가고
욕심 없는 나는
서두름 없는 그늘에서
詩를 먹고 살고.

생선가게를 지나다

탁, 탁, 탁, 종일
팍팍한 마음을
하소연이라도 하는 것일까
죄 없는 생선 등에 화풀이 하는 남자
비린내 나는 하루의 노고가 고스란히
비닐 앞치마에 지쳐 있었다

고향을 막 떠나온
겁에 질려 바짝 얼어붙은
뜬눈으로 겹겹이 포개진
섬을 닮은 푸르른 눈

어느 식탁에 사랑으로 채워질
즐거운 순서를 기다리는
고등어 참치 생태 가자미 등
남자의 분주한 손놀림에
새 주인을 만나러갈 대기 중에 있었다.

호박꽃의 노래

뜨건 햇빛이 싫어서가 아니어요
푸른 댓줄 타들까봐 시시히
꽃문을 닫는 중이어요

땅주인 허락 없이 분신을 매단 채
경우 없는 점령이
살아가는 방식인 걸요

둥근 몸 사랑으로 익을 때까지
당당한 꿈 펼치고 싶어요

펑퍼짐한 모습이면 또 어떤가요
모두가 기억해서 좋은
고향을 보듬는 이름 위에
노란꽃등,
여름 내내 켜놓고 싶어요.

무꽃 반란

지난 가을,
밭에서 이주해온 졸망졸망한 무 한 자루
조심스럽게 그 속을 들여다보았다
봄기운이 기척 없이 튀어나왔다
그리움의 체온이 깊어진 것일까
외로움이 길어져 장다리꽃이 되려는 것일까
속으로 삭힌 아픔이 연록을 매단 채
소문 없이 봄을 준비하고 있다
온몸에 바람이 들어오는 계절
성급한 무꽃이 더 이상은 참을 수 없다는 듯
당장이라도 봄을 데려올 기세다.

임상섭 시인

경남 창녕 출생. 서정대학 인터넷정보과 졸업, 《한국문인》 시부문 신인 문학상 등단. 사랑방시낭송회 상임시인, 국제펜클럽한국본부 준회원, 한국문인협회·새한국문학회·시마을문학회·광명문인협회·마포문인협회·연천문인협회 회원, 목란문학회 사무국장. 괴테문학상 수상, 마포 삼개 백일장 심사위원. 시 「파도」 육필 시비 세움(충남 보령시 개화예술공원), 한국 현대문학 100주년 기념탑 '빛나는 한국문단의 인물들'에 기록됨(2009년), 보국훈장 수상. 공저 『고독한 백지 위의 언어』, 『시의 수채화』, 『광화문을 지키는 시인들』, 『한국대표 명시선집』(2008~2010년) 외 다수.

연리지 외 4편

임 상 섭

산매화 피는 봄날의
꿈은 잠시였지

일상의 번뇌로
서로 상처를 내어도
스스로 아물어 가야 할 인연

바람 잘 날 없이
눈물 날 때마다
버거운 계절엔
살갗을 털어내는 연리지

살을 맞대어 가까워질수록
아물 아픔도 크다

시련과 고통이 와도
견디어 살아야 하는
돌아설 수 없는 이유는

처음부터 동행을 시작한
일생의 약속, 그리고 운명.

지금 도장포는

안개 속으로
달려오는 파도
닫혀 있던 심장이 뛴다

물너울로
밀려오는 그리움
허공으로 사라지고

쏴~아 돌 구르는 소리
수많은 사연들 안고
물거품 속으로 떠밀려 간다

어둠속을 걸어가는 불빛아래서
한때는 달콤한 사랑을 받았을
동백꽃이 입을 열다 말고
냉기에 떨고 있다

일렁이며 흔들리는
도장포 밤바다
밤 내 비를 만나 몸이 무겁다.

* 도장포: 거제도에 있는 포구이름.

임 상 섭 153

고향 할머니

모진 풍파 이겨낸
산촌 골목 끝자락
대나무 숲 울창한 거기

온종일 기다리다 저녁 결에
구순九旬 노구老軀
힘든 걸음 한발 두발
멀리 사는 차남 무탈하라고
기도하러 가시는 길

"추석인데
우리 애는 왜 오지 못할까!"

하늘 올려다 보다
걷던 길 뒤 돌아보다
해묵은 시간들 끌어와
심장으로 담아

어제 걸었던 곳, 여우비 내리는데
무겁게, 무겁게 더듬어 가시는
동네 할머니!

내 어머니도 그러셨을 거다
지난 명절엔.

온도계

곡예의 공간
얇게 움직이는 진동 추
있는 듯 없는 듯 존재로
뜨거운 가슴
오르내린다

어느 날
근심 응축시켜 담아
뚝 떨어지면
차가운 몸살을 앓는다

날마다
혈관은 그네를 타며
한사람의 생生을 부풀린다.

마노석瑪瑙石을 보며

자연으로 만들어진 돌을
인위적으로 갈라놓은 마노석瑪瑙石
아름답고 곱지만
한번 선을 그어 속을 보인 하나는
영원히 둘이 되어
반쪽의 하나가 되다

사랑은 비슷한 무늬와 색상으로
하나일 듯
하지만 마음은 다른 게 사람이다

마노석은
그냥 잘라 놓으면 흔한 장식품이 되고
정성을 다해 가공 하면 보석이 되듯

서로 다른 생각을 가다듬어

맞추지 못하는 사이는
가슴 아픈 사랑

신뢰와 관심으로 노력하는 사이는
불변의 사랑이다.

전용숙 시인

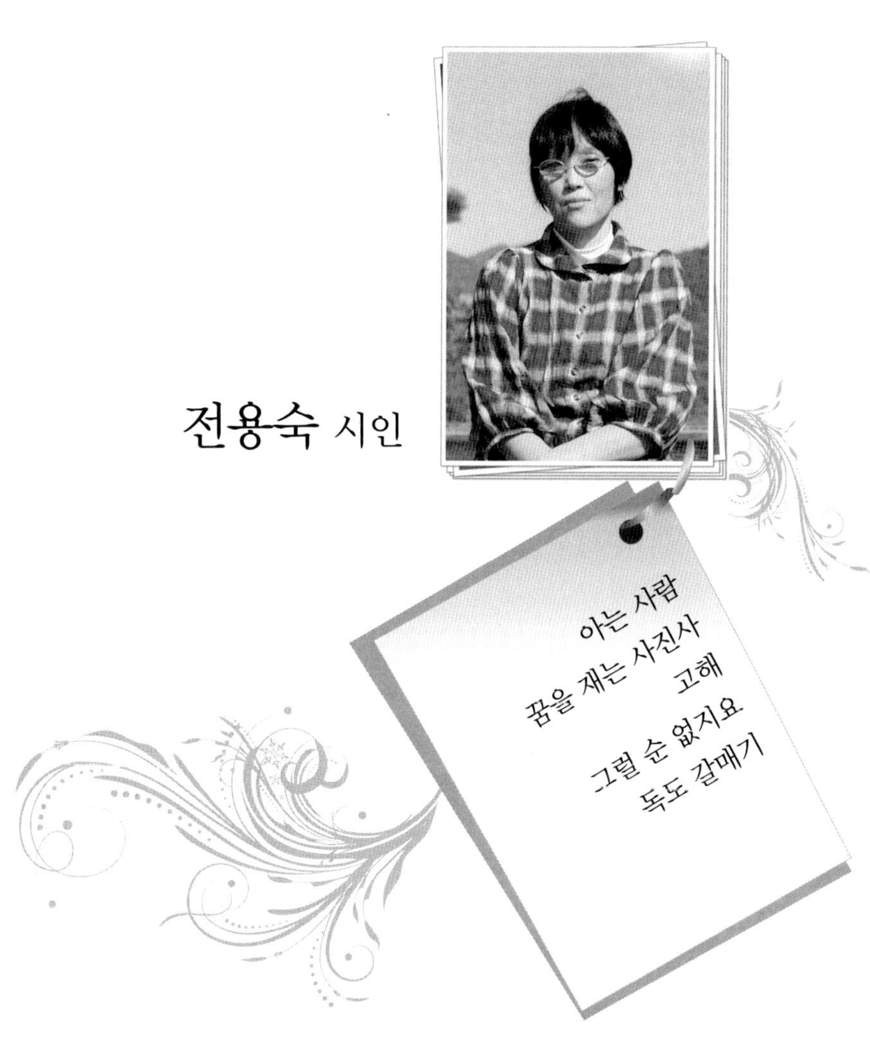

경기도 이천 출생
《창조문학》 신인상 등단
사랑방시낭송회 회원
예촌문학 동인회 · 삼삼문학 동인회 · 시마을 회원

아는 사람 외 4편

전 용 숙

반평생 전 만난 사람이다
이년 전 만난 사람이다
방금 만나 인사를 주고받았다

아는 사람

사람은 늘 그 속에 있고 싶어한다

꿈을 재는 사진사

전용숙

시간의 간격을 짚어가는
한 뼘의 필름
미래를 위해
과거의 슬픔을 한 컷씩
삭제해 간다

셧터를 누를 때마다
남는 미래와
사라지는 과거가 교차하는
꿈속은 늘 어수선하다

일상을 더듬어 찾아낸
오늘의 한 컷이
내일이면 사라질 과거려니

꿈을 기억하려는
헛손질에
남은 순간들이 흩날린다
시간의 간격 그 어디쯤으로

고해

어쩌면 저렇게 말끔할까
이불을 개고 난 방처럼 환하다
새로운 고해를 기다리는
빈 하늘

어떤 이의 슬픔은
뭉게뭉게 풀어져 하얀
타래를 만들고
어떤 이의 아픔
스멀스멀 까맣게 베어
자리를 만들더니

푸르다

구름이 떠난 자리는
흔적 없는데
내가 떠난 자리엔
어떤 흔적 남을까

들썩이는 입술
하늘에 베인다

그럴 순 없지요

전 용 숙

다 그럴 순 없지요
지적 당하지 않았다고 외면하는
양심의 큰소리도
가슴에 문지르고
맞바람도 발길에 차가며
한 걸음 더 걷는다고
얼마나 가겠어요

글쎄 그럴 순 없지요
돌아보기 두려운 과거
바람이 두드려도
마주 설 순 없어
그렇다고 어둠속을 다닐까요

그렇게 달아날 순 없지요
차라리 악수를 거절하지
한 쪽 어깨는
누군가 일어나거든 내어줘
비틀거리지 않도록 키를 맞추면
사는게 힘들다고
눈길 돌리는

그런 사람 없겠지요

독도 갈매기

어둠속의 독도는
큰 그림자이더니
햇살에 드리운 모습은
어리디어리구나

그 등 어귀마다
업혀 사는 갈매기는
밤새 불침번에 눈이 따갑다

미안하다 독도야
섬 한바퀴 돌며 울음 울어도
파도처럼 와서 할퀴고 가는
똑같은 헛소리

서슬 푸른 이사부의 칼 끝이
바다를 비추니
걱정마라 갈매기야
괜찮다 독도야

저들의 헛 소리는
바람이 삼키고
저들의 거짓말은
우리 역사속에 들어 있다

갈매기의 조상도 알고 있을
동해 위의 독도를……

사랑방시낭송회
www.cafe.daum.net/loveroom1994

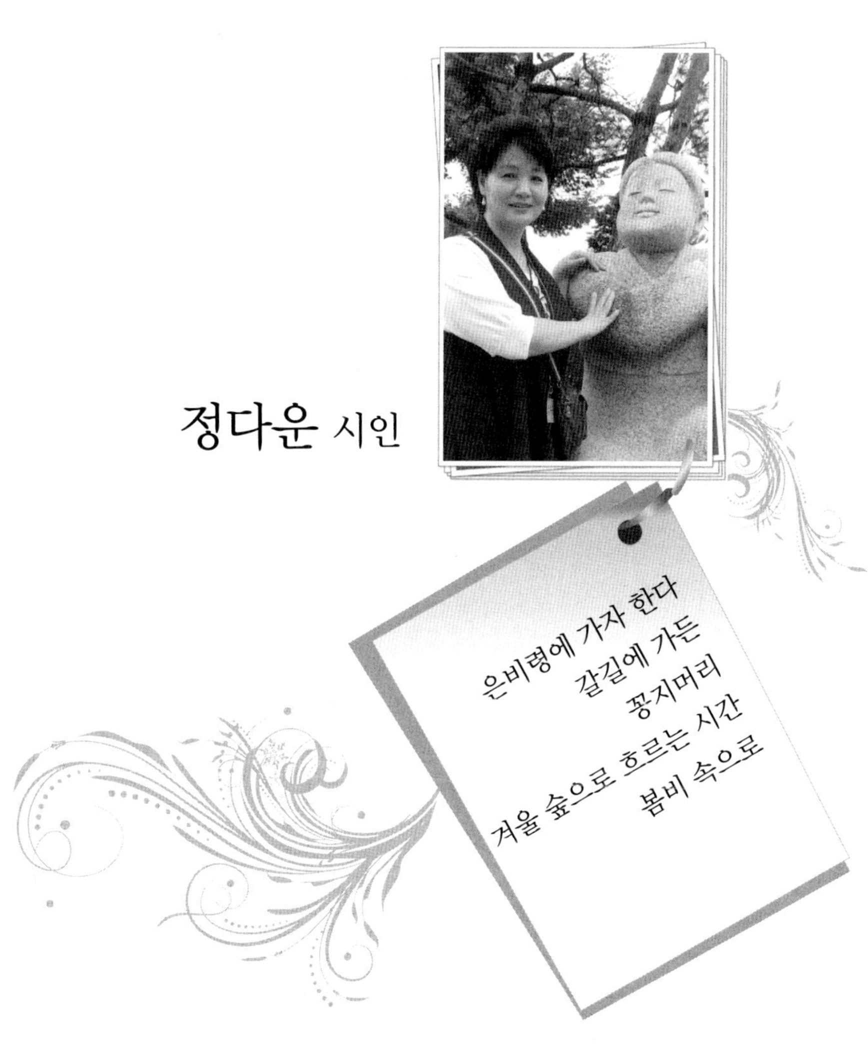

정다운 시인

사랑방 시 낭송회 상임시인. 한국문인협회 · 한맥문학동인회 회원, 월간
《한맥문학》 현 사무차장, 여울동인 회장, 강화문학회 부회장, 예촌문학 동
인회 회원. 시집 『윙크하는 사과꽃』.
E-mail: daw1017@hanmail.net

은비령에 가자 한다 외 4편

정 다 운

노란 은행잎 꽃비로 떨어지던 날
부끄럼 타는 가을
바람으로 다가와 손을 잡는다

억새꽃 춤으로 달려가는 길
차창에 걸어둔 햇살 보듬어
살며시 쥐어주는 가을빛 하나

어느새 들켜버린 감춰진 마음
빼꼼히 내밀다
단풍보다 더 붉은 와인빛 얼굴

고향집 송어회
미끄럼타는 이슬 이슬 방울들
송울송울
호수 위에 확 퍼지자

눈이 내리면
은비령에 가자 한다

갈길에 가든

그곳에 가면
3년 묵은 김치가
생각만해도 침이 꿀꺽

오시는 손님들에게
농익은 복분자주
써비스로 한 잔씩
생각만 해도 황진이가 눈에 아른아른

닭도리탕 오리백숙
추어탕 토끼탕도
바쁜 이들을 위해
양푼이 추어탕도
생각만해도 배가 부르고

대문은 없어도
으름나무 두 그루 입구에 떡 버티고
어느 소슬바람 부는 날
단풍구경 가는 길에
찾아가 볼까나

* 갈길에 가든: 전북 정읍시 금붕동에 자리한 식당.

꽁지머리

광화문 사랑방엘 가면 꽁지머리가 있다
창작 21에 가면 또 꽁지머리가 있다

둘은
다 키가 크고
말도 잘하는
센스 덩어리다

광화문 꽁지머리는 송동현이고
창작21 꽁지머리는 권보현이다

둘은
다 청바지를 즐겨 입고
인기 만점
애교 덩어리다

어 놀라워라

겨울 숲으로 흐르는 시간

꼬부라진 길 위로
오래된 자동차는 꿀렁꿀렁 달리고
불빛은 멈춘듯 멈춰서 있다
빈 숲
오늘 따라
윙윙윙 바스락 바스락

우리는
자작나무 숲 길에
나뭇잎 발자욱을 그리며
나뭇가지 사이에 걸린
환한 보름달을 바라보고 있다

달빛 아래
머리칼 흔드는 바람과 함께

봄비 속으로

때이른 봄비가 내린다
봄비 속으로
친구 혼자 덜렁
2인실에 두고 돌아왔다

그 예쁜 얼굴
유리창에 걸려있는
눈물 한자락
마르지 않는다

외부인 출입금지

빗소리는 지금도 들리는데
1주일
2주일
계속 내린다고 한다

우울하게 걸려있는
마음 하나

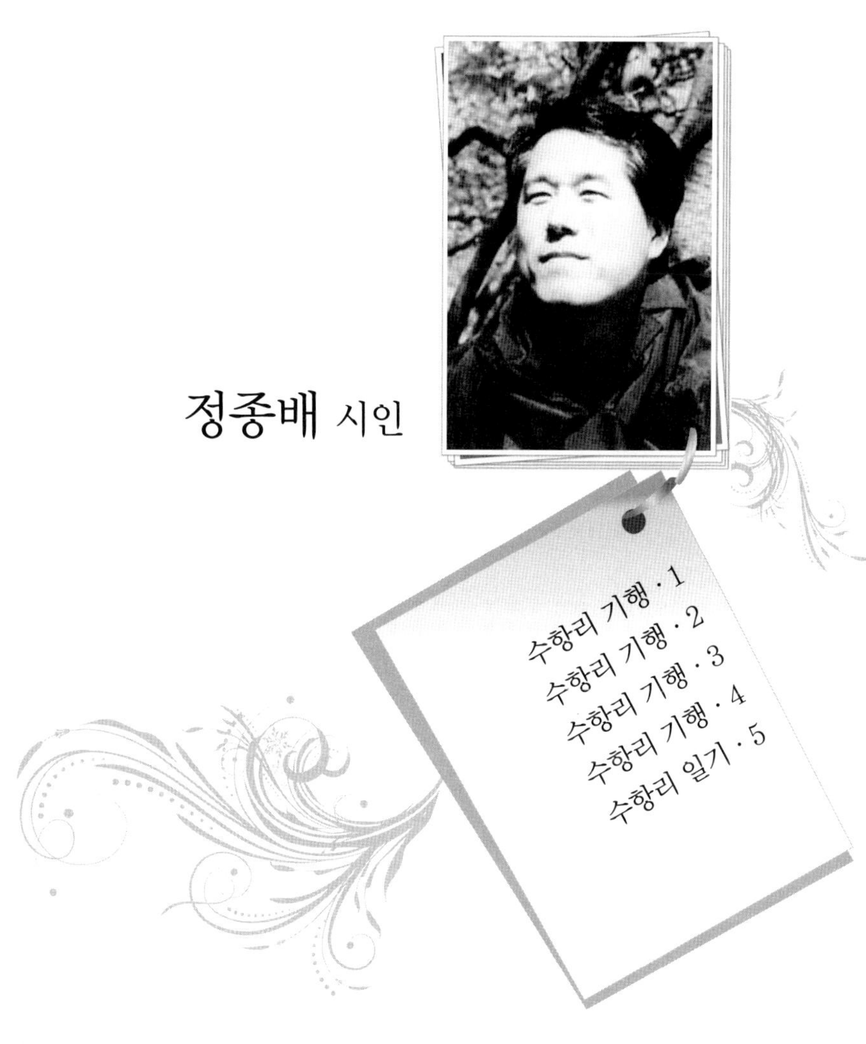

정종배 시인

전남 함평 출생. 중앙대학교 문예창작학과 졸업 동 대학원졸업. 사랑방시
낭송회 상임시인, 한국문인협회 · 한국시인협회 · 가톨릭문인협회 회원,
교원문학회 이사, 현 청담고등학교 교사. 시집『산에는 작은꽃도』,『안개
속에 소리가 자란다』,『그림자 흔들기』외 다수.

수항리 기행 · 1 외 4편

정 종 배

이른 여름 오후 새참
그 새를 참지 못하고
짬짜미하듯 장대비 하염없는
오대천 산비알 옥수수밭

염전밭 소금꽃 피어나듯
열나흘 달빛에 끝없이
젖고 젖은 감자꽃

풋살구 익어가는
수항리 밤 향기에
상추 잎 뜯어 먹다
놀라 뛰는 고라니 식구들

한여름 노인들 건강을 지키려
잠 못 이루는 농가주택
통나무 보일러 연통 위 곧은 연기

호호 불고 불며 왼손
오른손 번갈아 오가는
막 쪄 낸 햇감자 같은

어느 하나 걸리지 않은
그대와 나의 뜨건 사랑

수항리 기행 · 2

여우비 빗방울 소리에
오지게 살찌는 오이밭

물안개 사이사이 첫 햇살 뻗어 내려
쑥쑥 늘어나 번들거리는 애호박

더위에 반짝거린 이파리 옴짝달싹 못하고
꾸벅꾸벅 졸고 있는 자작나무 이파리

쉼 없이 거칠게 다가와 부딪치는 천년별을
오래전 내달은 그대와 나의 치명적 사랑

수항리 기행 · 3

그대와 나
자작나무 한 그루 심고 길러
그 그늘 아래 사랑의
행복한 상처 낫기를 바랬지요
함박꽃나무 한 그루 가꾸어
함박꽃 꽃봉오리 단단한 사랑을
부드럽게 피기를 원하였지요

그대는 자작나무 하얀 줄기
나는 함박꽃 꽃봉오리 내놓고
감옥이 텅 비었다 백기를 내걸듯
지금 당장 숨이 끊어져도 후회 없는
사랑의 숨통을 터트려 버렸다

길상사 화주 길상화 김영한이 묵었던 집
안방 창문 앞에 심고 오르내리며
백석과 눈을 주고받던
함박꽃 한 그루 꽃봉오리 피고 지듯
우리 사랑 그리워하지 말자

수항리 기행 · 4

수다사사지 3층 석탑
한여름 그 흔한 물굽이 소리로
방울방울 쌓아 올렸겠지만
우리 사랑 설렘과 눈물로
단번에 뜨거운 돌탑을 세우지 않았나요

스님과 사대부중
선남선녀 북적일 때는
오대천 휘도는 물소리에도
조양강과 만날 때까지
쌀 씻은 뜨물이 넘쳐나
월정사보다 더 너른
잊혀진 절터를 찾아
감자꽃 향기로
소금 같은 금을 긋고 긋지요

그대와 나 물목을 지키듯
그 동안 삶의 향연
목숨을 쥐었다 폈다
그렇게 죽을 둥 살 둥
사랑의 감자밭을 일구지 않았나요

이제는 물거품 되어
석탑 하나 덜렁 감자밭 한가운데
제멋대로 뒤틀린

원융무애
하지감자처럼 단단하게
물소리를 붙잡고
사랑을 거칠게 소용돌이치는
수항리 수다사사지 3층 석탑

어느 하늘 아래 굴러도
거칠 것 하나 없는 감자 같은
사랑에 굶주린 나날을
쉼 없이 반짝이는 천년별로 걸어둘
아름다운 상처뿐인 우리 사랑
용광로인 달빛 아래
수다사사지 휘돌아 나가는
물소리 같은
어젯밤 행복한 이별

수항리 일기 · 5
– 수다사지 3층 석탑

물이 돌로 뭉쳤다
물굽이가 물소리를 낳았다

물소리가 돌을 골라 키웠다
물안개가 돌탑을 쌓았다

달빛이 3층까지 높였다
감자꽃 향기 탑돌이로 휘돌았다

그 해 가을 촉촉한 돌탑 이끼로
감자꽃 같은 웃음소리 꺼질 줄 몰랐다

수다사지 3층 석탑
이삭 감자 주운 것처럼 올굴졌다

오대천 산비알 감자밭 한가운데 3층 석탑
한여름 밤 지새며 더 높이 오르려 물소릴 다독였다

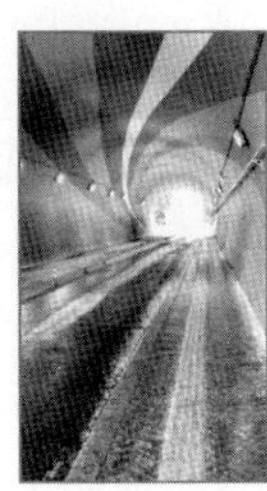

사랑방시낭송회
www.cafe.daum.net/loveroom1994

정창희 시인

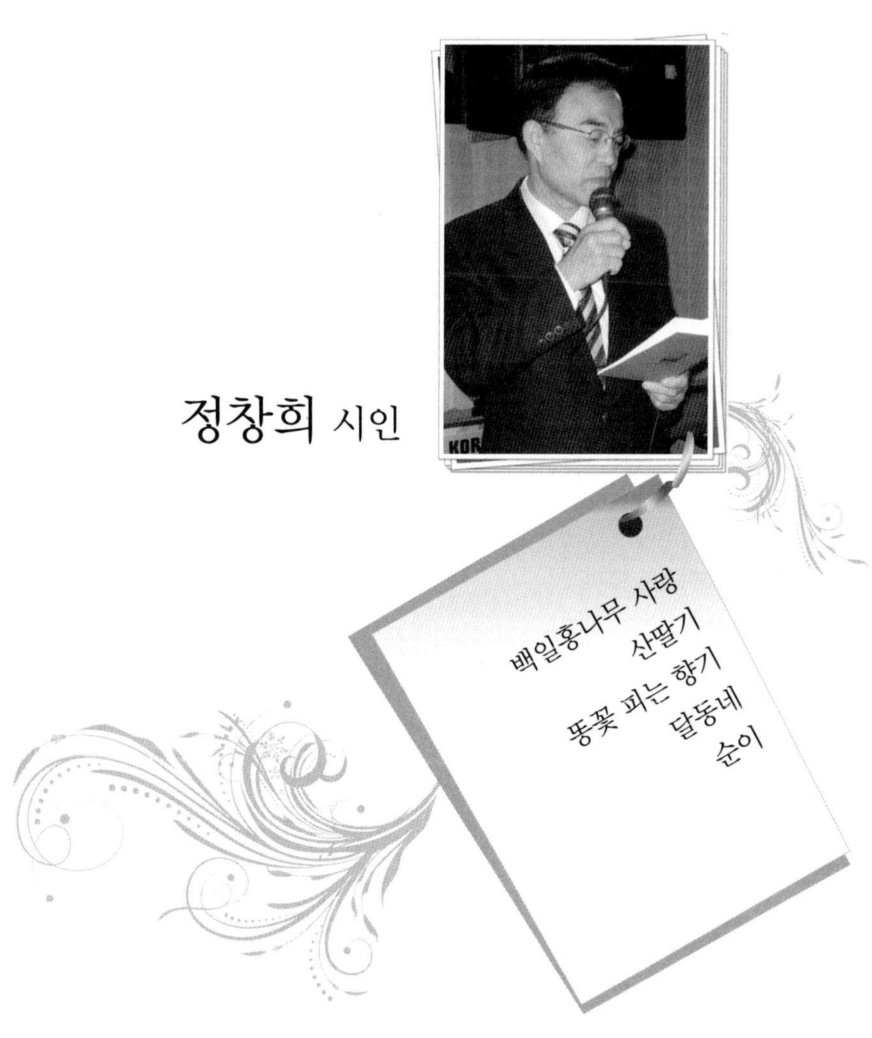

월간 《모던포엠》 시부문 신인 문학상, 사랑방시낭송회 상임시인, 한국 문인협회 · 세계 모던포엠 작가회 · 全人문학회 · 서울시 낭송클럽 상임회원, 서울문학 · 사람과 문학 동인. 2007년 정부포상 '대통령 산업포장' 수상. 공저 『水墨처럼 스며드는 그대의 향기』, 『광화문을 지키는 시인들』, 『님이여 우리들 모두가 하나 되게 하소서』 (대한민국 제15대 대통령 김대중 추모시집)

백일홍나무 사랑 외 4편

정 창 희

이천십년 팔월의 마지막 날
천년을 살거라고 꿈을 틀고 당돌하게 불꽃을
피워주던 백일홍나무

우물가에
어머니의 빨래터 그늘이 되어 주었고
어릴 적 동무들하고 숨바꼭질하며
나무에 올라 간지럽히면 꽃잎파리 수줍은 듯
파르르 떨며
꽃잎으로 얼굴을 숨겨주던 너

긴 무더운 여름밤
가슴적삼을 열어젖힌 여인의 선홍빛 유두에는
너의 젖줄로 뜨거운 꽃으로 물들었지

모진 바람과 풍파에 맞서고
그 난리에도 굽히지 않으며 살아 왔던 세월을
뒤로한 채

스스로 욕망의 껍질을 벗어버리고 하얀 속살로 생의
마지막 모습을 보였던 너의 아름다움을
가슴 짓물러 피 토하는 꽃이 반란을 일으켰나

태풍 곤파스에 산산이 부서진 너의 일그러진 모습
그만 내 육신이 무너져 앉고 멍한 상념에
모든 것을 잃어 버렸다

육십여 년
기쁠 때나 슬플 때나 외로울 때 우리에게 아름다운 꽃으로
애환을 달래주던 너

그러기에 주말이면,
네가 그리워 보고 싶었고, 어머니를 보는 것처럼 반가웠지

문밖에 나서면
언제나 묵묵히 지켜 서있는 네가 의지가 되었고
집을 비워도 네가 있기에 위안이 되었지

네가 있어
유일한 친구가 되고 연인처럼 사랑을 하며
가문의 유래와 마을의 전설로 너와 글을 쓰는 시인이 되었지

그 시인은
못다 핀 너의 마지막 불꽃을 읊으며 밤새도록 통곡하였지
세상 모든 것이 그렇듯이
자연의 섭리가 우리에게 내린 몹쓸 운명이라 생각하고
헤어지니 생에 아름다웠던 네 모습을 그대로 간직할 것이다

잘 가거라
너의 모든 것 허물을 벗고 홀가분하게 다 버리고 남김없이
고향집
아궁이의 화목으로 너를 불태워 재로 남겨주마.

* 시작노트: 2010년 9월 2일 태풍7호 곤파스(서해상 태안반도)가 지나면서 전
국에 많은 피해를 주었다. 태안군 소원면 모항 669번지에. 수령 100년 백일
홍나무가 쓰러지고 그 자리에 이 글을 남기다.

산딸기

꽃잎 이고 먼 여행을 가시던
고랑 길
덤불속에 하얀 꽃이 소복으로 앉아 있네

청산에 홀로 핀 들꽃이련만
바람에 살랑이는 향기는 어머니가 맡던
단내처럼 짙게 납니다.

붉게 익은
산딸기 몇 알은 꿀벌이 따먹고

남은 몇 알을 따다
시렁 위에 놓고 손자 손녀를
기다리시던 어머니

어머니의 삶처럼
우리는 반만큼도 못하고 있습니다.

똥꽃 피는 향기

두엄 썩은 향기에
내 똥을 받아줄 자연이 있다는 것

주말이면 텃밭에서 자라나는 새싹이
나를 기다린다

새롭게 돋아나는 귀한 모습들
어느 싹은
시름시름 몸살을 앓았는지 이제 겨우 피기 시작하고
어느 놈은 돌보지 않아도 알아서 잘 자라고 있다

이런 자연의 진리가 말하는 흙은
그냥 흙이 아니라 생을 잉태하는 자궁이며
그 속에서 자라나는 생명은 땀 없이 가꿔지는 것이 아님을
가르쳐 주고
땀 흘리는 것을 귀찮게 여기면 돌이킬 수 없는 일이 생긴다

농사는 계절 따라 한번가면 1년을 기다려야 한다는 것을
1년 후에 또 무슨 일이 있을지
그때는 아무도 모르는 일, 오로지 자연만이 알고 있을 뿐
이다

농사는 아무나 짓는 것이 아니다
산과 들에서 노는 짐승들과 새들, 그리고 자연에서 만나는
모든 것과 대화하는 것이 나의 스승이고 농사를 배우는 것
이다

옛 농부들은
농사짓는 법이 따로 있는 것이 아니었다
그저 자연이 하는대로 따라가며 기다리는 마음으로
농사를 지었다

들녘에 오줌통을 놓고 오줌을 받아 농사를 짓고
길 가다 똥오줌이 마르면 농작물에 누어 거름으로 사용하는
유해가 없는 지혜로 농사를 지었다

이것이 바로
내 몸에서 피는 똥꽃처럼
자연과 더불어 살아가는 것이 삶이 아니던가.

달동네

달그락
달그락
삶을 긁는 숟가락 소리

세상
온갖 소리에 등이 굽어지고

고된 삶을 서로 위로하고 가난을 덮어주며
모여 살던 달동네에

어느 날
담 벽에 붉은 페인트로 쓴 철거팻말 과 ?표
포크레인에 쫓겨나고

전봇대 위에 집을 짓던 까치집도
철거반 갈코리에 집을 잃고

갈 곳 없어
온 몸이 찌릿한 전깃줄에 앉아

밤새도록
전봇대를 부여잡고 혀 꼬인 소리를 질러보지만

정겹던 달동네도 까치도 다 떠나가고

삭정이 빈집에 걸쳐있는 가로등만 등 뒤에서
훌쩍이고 있네.

순이

언제나 내게 아름다운 순이

손톱에 봉숭아 꽃물 드리던 해맑은 순이
그 순이는
손녀 손톱에 물드려주고 등에 업어
자장가를 불러준다

코스모스 피는 고부랑길 심부름 가던 순이
그 순이는
지금도 알사탕 입에 물고
보따리이고 장에 가는 어머니를 생각한다

뒷산에 올라 밤 줍는 순이
아버지 산소 위에 누워있는 밤송이를 발로
툭 차니
쌍둥이 알밤이 순이를 보며 까르르 웃는다

순이와 살고 있는 그 남자 순淳이
응봉산 안골에서 싸리꽃을 꺾으며 부르던 노래에
문간에서 수줍어 얼굴 감추던 순이

그 순이들은
지금도 누이처럼 친구같이 장모님 같은
사랑으로 살고 있네

* 정순(淳)과 창순(順)씨는 내게 가장 아름다운 이름 순이 이며, 응봉산 안골은
  경기도 양주시 백석면에 있는 산입니다.

사랑방시낭송회
www.cafe.daum.net/loveroom1994

최영애 시인

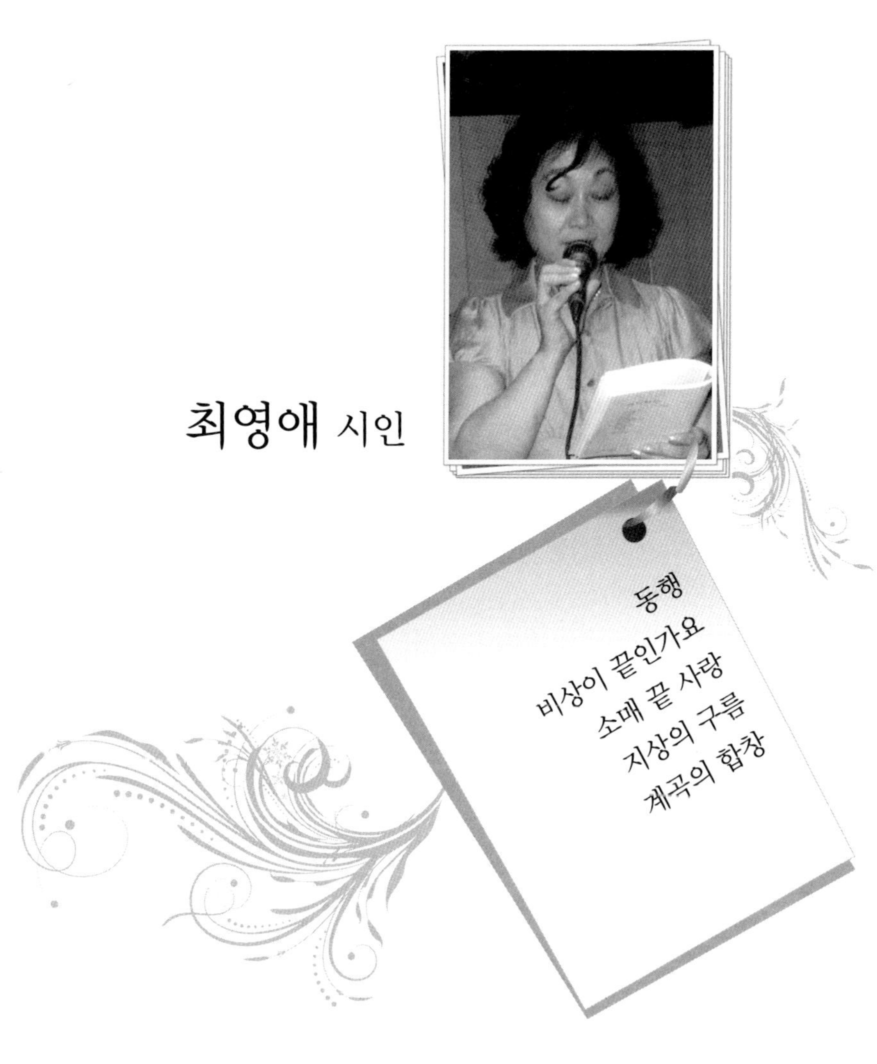

부산 출생. canada, 죠지 브라운에서 아동교육학 전공. 2005 《문학시대》
신인문학상으로 詩作 활동. 사랑방시낭송회 회원. 다년간 영어, 논술학원
운영.

동행

최 영 애

바람의 마음을 붙잡은 저 나무
함께 흔들리고 있다

그래, 산다는 것은
구름처럼 흐르다가
마음 하나 만나
촛불처럼 흔들리는 것

저 처절한 소요도
하나 되기 위한 몸짓
서로를 흔들어 준다는 것은
살아있다는 증표
사랑한다는 것이다

비상이 끝인가요

그날 하얀 허공 속에서
존재하는 것은 오직 그대와 나

영롱한 눈빛으로
말간 가슴으로
물방울처럼 살고 싶었던 시절

우울에 걸려 넘어지던 날
새털같이 가벼운 그대 발등 훔쳐보고
포로롱 물방울되어 그 곳에 앉았지

처음엔
그대외 그윽한 눈빛으로
무지개 꿈을 꾸었네
그대의 숨결만으로 배고프지 않았네

인생은 멈출 수 없는 것

한 걸음 걸음이
바람에 부딪히면서
일그러진 풍선되어 하강하네

내 속에 믿음이 빠져가네
사랑이 빠져가네

소매 끝 사랑

허기진 사랑 하나 갖고 산다는 것은
얼마나 행복한 일인가
온종일 누군가를 보듬고 있는 담쟁이
바람 한번 불어야
출렁일 수 있는 거미줄
금새 닿을 듯한 간격으로
바라만 보아도 좋은 은행나무

그늘진 사랑 하나 갖고 산다는 것은
또 얼마나 행복한 일인가
누가 밤하늘을 떠올릴 때
달 하나만 생각하겠는가
별이 되어 함께 뜨고 지며
서로를 밝혀주며
세상 끝까지 할 사랑

팔만 끼우면 닿을 듯한 소매 끝 사랑
그런 사랑 한편 하고 가면
얼마나 행복하게 살다가는 것이겠는가
입구를 찾지 못해
어둠 속을 헤매인다 해도
한순간 바보가 된다 해도
너덜너덜 닳아버린 소매 끝 사랑

지상의 구름

별의 모양이 오랜 세월 변하지 않는 까닭은
구름이 긴 혓바닥으로 어루만지고 닦아주기 때문이다

글을 모르는 남자는
마음 닮은 돌을 건네며 타인들과 소통한다
오늘도 남자의 호주머니가
구름의 혓바닥처럼 길게 늘어졌다

남자는 지상에 내려온 구름이다
죽은 자가 몸을 맡기면
한 쪽씩 어루만지고 닦아내며
이쪽은 꽃으로 이쪽은 잎새로 별로
엄숙하게 주문한다
거친 손을 닦을 때는
그들의 낡은 일기장을 본 듯
간절한 눈빛이 되어 애달아 한다

죽은 자들을 위해 여행의 길잡이가 되지만
정작 본인이 갈 길은
생각해 본 적이 없다
가장 낮은 자세로 살았기에
낮은 곳으로 갈 거라는 생각만 얼핏 했을 뿐

남자가 관 뚜껑을 닫으며
햇살이 속살거리는 목소리로
굿바이라고 말한다

계곡의 합창

새 한 마리 몸을 빠져나와요
갑자기 차가워진 허공으로
푸드득푸드득 진저리치며 비상하네요

깊은 계곡의 습기로 우주는 그렇게 열렸나봐요

태초에 새를 날리기 위해
허공은 여자가 만들었어요

체액을 새로 바꾸는
자궁은 요술의 힘을 가졌어요

여자의 숫자만큼 새들이 살아가고 있어요

자궁을 미처 나오지 못한 어린 새가
붉은 녹물이 되어 흘러내리네요

여자 몸에서 나락 냄새가 나요
솔솔 장작 타는 냄새가 나요

오늘 밤에는 더 멋진 새를 만날 거예요
나는 다시 태어나도 여자일 거예요

양수 같은 봄비가 내려요
새순이 돋네요
꽃이 피네요

사랑방시낭송회
www.cafe.daum.net/loveroom1994

최홍규 시인

《문학공간》 시·《한맥문학》 수필·《문예사조》 문학평론 등단. 사랑방시낭송회 상임시인, 중앙대 교수/명예교수, 문학박사, 통번역가, 미국 하버드대, 예일대 풀브라이트 교환교수, 영국 케임브리지대, 런던대 초청 객원교수, 한국문학과종교학회장, 한국농민문학회장, 한국문인협회·국제펜클럽 회원, 한국시인협회 중앙/상임위원, 새한국문학회 연수원 교수. 한국생활문학 대상, 동포문학 본상 수상. 저서 『근대영미문학의 탐구』 외 10여 권, 번역 『올랜도』(버지니아 울프) 외 20여 권. 시집 『눈처럼 쌓이는 그리움』, 『사철푸른 어머니의 텃밭』, 『최홍규씨 당신은 시인입니까?』 외 다수.

멋쩍은 강연 외 4편

松里 崔鴻圭

어떤 시인이 문학세미나 강연에서 끝맺은 말
"시는 사람의 마음을 편안하게 하는 진정제이고 조미료인데
영어로 '세이프가드' 다"
그렇지 않다, 시는 흥분제도 되고 강장제도 된다
또 시가 영어로 '세이프가드' 라니 무슨 말인지
'세이프가드 safeguard' 는 보호, 보증이란 뜻이며
국제무역에서는 '긴급수입제한조치' 라는 뜻으로 쓰인다
그 시인의 부실하고 멋쩍은 강연이 씁쓰레했다

얼토당토않게 한국어와 외국어를 섞어 쓰는 사람이 많다
우리 동네 주택, 식당, 가게 등에 이상한 이름이 많은데
메시부띠끄, 중심스타라이프, 힐하비타트, 아트맨션 등
연립주택
마니머거지빔, 빅스테이크, 빈티지통마셔용, 버진비어 등
식당과 술집
포스트모던어패럴, 로얄웨어, 그레이스스타일, 프라임한
복 등 옷가게
이브헤어샵, 헵번앤몬로, 유니섹스헤어, 엘르헤어살롱 등
미장원
이떤 것이 외국어인지 만든 말인지 구분이 안되는 아수라장
영어, 독어, 불어, 라틴어를 잘 아는 나도 모르는 말이 수
두룩하다

국적불명으로 사전에도 없는 야릇한 부스러기 낱말들
나 홀로 애태워봐야 속만 쓰리고 소용없네
우리 사랑방 시인들이 시만 읽지 말고 거리로 나가서
예쁜 우리말 가게 이름지어주기 운동을 벌여야 하겠다
한글이 세계에서 가장 빼어나다고 자랑만 하지 말고
온 백성이 다듬고 가려서 써야 한글이 더 빛날 텐데
이런 끔찍스러운 우리글 푸대접 문전박대를 몰아내려면
모두 우리 글을 아끼고 즐겨쓰는데 마음을 열고 힘을 합쳐
야겠다.

꽃벼루

벼루의 뜻은 두 가지
먹을 가는데 쓰는 돌로 된 문구
낭떠러지 끝이 강에 닿은 벼랑
사투리로 베리라고도 한다
강원도 정선과 여랑 사이의 꽃벼루
그곳 사람들은 꽃베리라고 부른다
천길 벼랑에 계절 따라 꽃이 가득 핀다

봄에는 노란 산수유꽃, 진달래와 철쭉
여름에는 하얀 이팝나무꽃, 다래꽃과 찔레꽃
가을에는 온통 울긋불긋 단풍이 가득하고
겨울에는 눈 덮인 뼁대에 나무마다 눈꽃
산허리를 돌아서 난 꾸불꾸불한 낭떠러지 길 따라
느리게 가는 차창 밖으로 길 아래를 내려다보면
아득하고 아슬아슬하여 가슴 설레던 황홀감

나의 눈과 마음이 닿았던 아름다운 그곳
이제는 가파른 그 길로 차가 다니지 않는다
강변 따라 넓게 만들어 포장한 새길 일반국도 42
꿈에도 잊을 수 없는 어린 시절 추억의 벼랑길
그길 따라 다니던 외가 어른들 돌아가시고
그 집 자손들은 모두 서울과 뉴욕으로 떠나갔다
이제 나홀로라도 그 꽃베리에 다시 가보고 싶다.

남녀 세 시인

남녀 세 시인이 활짝 웃는 사진과 시를
유리 액자 속에 넣어서 내가 늘 타고 내리는
서울메트로역 화장실 입구에 붙인지 일년이 지났다
누구나 화장실로 들어갈 때는 급하고 불안하며
볼일을 보고서 나올 때는 갈 길을 더욱 재촉하는데
누가 냄새나는 좁은 통로에 서서 시를 읽겠는가?
아무도 세 시인의 시를 안 읽는다는 것을 나는 안다

어느 날 오전에 내가 그 곳을 지날 때
남녀 열 사람이 화장실에 들어갈 때까지
어느 날 오후에 스무 사람이 화장실에서 나올 때까지
멀리 서서 누가 시를 읽나 지켜보았는데
시를 읽기는커녕 쳐다보는 사람도 없어서
동정심을 발휘하여 내가 세 시인의 시를 읽었는데
드나드는 사람들이 부딪히며 나를 쏘아보더라

그 곳은 시를 붙여놓기에는 알맞은 곳이 아니다
그래도 내가 당신들의 그 밋밋한 시를 읽었으니
액자값 본전은 찾은 셈이니 이제는 거두어
당신들 집의 현관이나 거실에 붙여놓으면 좋을 것이오
당신들과 가족들이 밤낮으로 그 시를 읽으며
활짝 웃는 당신들의 실물과 사진을 번갈아 보면서
시인의 집이 된 보람들 만끽하며 행복에 젖을 텐데.

십만 독자를 가진 시인

서울특별시 문화 프로젝트로
내 시가 서울메트로와 서울도시철도
스크린 도어에 붙어있다
2호선 시청역 을지로입구쪽 플랫폼 가운데쯤에
8호선 남한산성입구역 산성쪽 플랫폼 앞쪽에
열차를 기다리며 한 번에 한 사람씩만 읽어도
시청역 하루 250회 정차에 250명이 읽고
남한산성입구역 하루 150회 정차에 150명이 읽는다

시가 스크린 도어에 붙은지 이백여 일이 지났으니
두 역에서 내 시를 읽은 독자는 팔만여 명
어떤 때는 두세 사람이 읽는 때도 있을테니
줄잡아 십만여 명이 그 시를 읽었다
나는 십만 독자를 가진 시인이다
"잘 쓴 시를 잘 읽었다"고
네 명이 편지 열세명이 전화를 주었다
십만여 명이 읽은 시를 내가 다시 읽는다.

"서울메트로

런던의 언더그라운드 튜브

뉴욕의 서브웨이

파리와 서울의 메트로

지하철은 시민의 발이며 생활공간

도회적 삶의 분위기도 실어나른다.

계절 따라 변하는 사람들 옷차림

패션과 스타일의 움직이는 갤러리

서울메트로와 서울도시철도가 낮과 밤에

땅 밑과 위를 동서남북으로 달린다

서울은 활기찬 세계의 메트로포리스."

나무 나이

우리 집에서 가까운 서울메트로 서초역 사거리 한가운데
늙은 향나무 한그루 높이 18m 둘레 3.9m
서울특별시 지정보호수로서 특별 보호를 받고 있다
구청에서 봄맞이 목욕시켜주고 질산칼슘도 주고
겨울맞이 몸통 싸매기하며 다른 비료도 준다
나는 그곳을 지날 때마다 생육상태를 살펴본다
아스팔트 찻길 먼지와 소음과 진동 속에서
꿋꿋하게 오랜 세월을 지탱하고 있으니
그 나무는 바로 자연환경이며 역사자원이다
그런데 그 나무의 나이 세기가 내 마음에 들지 않아 걱정
이다

구청 자연생태팀은 올해 나무 나이가 872세라며
해마다 한 살씩 더하여 나무 나이를 매긴다
추정 나이를 한 자리 숫자까지 쓰는 것은 맞지 않으니
800년에서 900년 범위로 하라고 두 번이나 권고했으나
내 말을 귀담아 듣지 않으니 기분이 나쁘다
노거수(老巨樹)의 추정 나이 계산법은 여러 나라에서
흔히 천세 이하는 오차범위 100, 천세 이상은 200을 쓴다
나의 세 번째 권고에는 큰 산의 큰 나무를 예로 덧붙였다
나는 나무 기르기가 좋아 식목일에는 내 산에 많은 나무를
심는다
나무사랑 환경운동가인 내 권고를 받아들일지 두고 볼 일
이다

설악산 음지 백판골 입구에서 계곡을 따라
황철봉 방향으로 4시간정도 올라가면
GPS 좌표 위도 38도 11분 경도 128도 24분
힘줄이 튀어나온 것처럼 표면이 울퉁불퉁한 늙은 주목 한
그루
높이 19m 둘레 4.03m 추정수령 1200년에서 1400년
뿌리가 땅 위로 뻗어 나오는 등 긴 세월의 무게를 지고
있다

사랑방시낭송회
www.cafe.daum.net/loveroom1994

포공영 시인

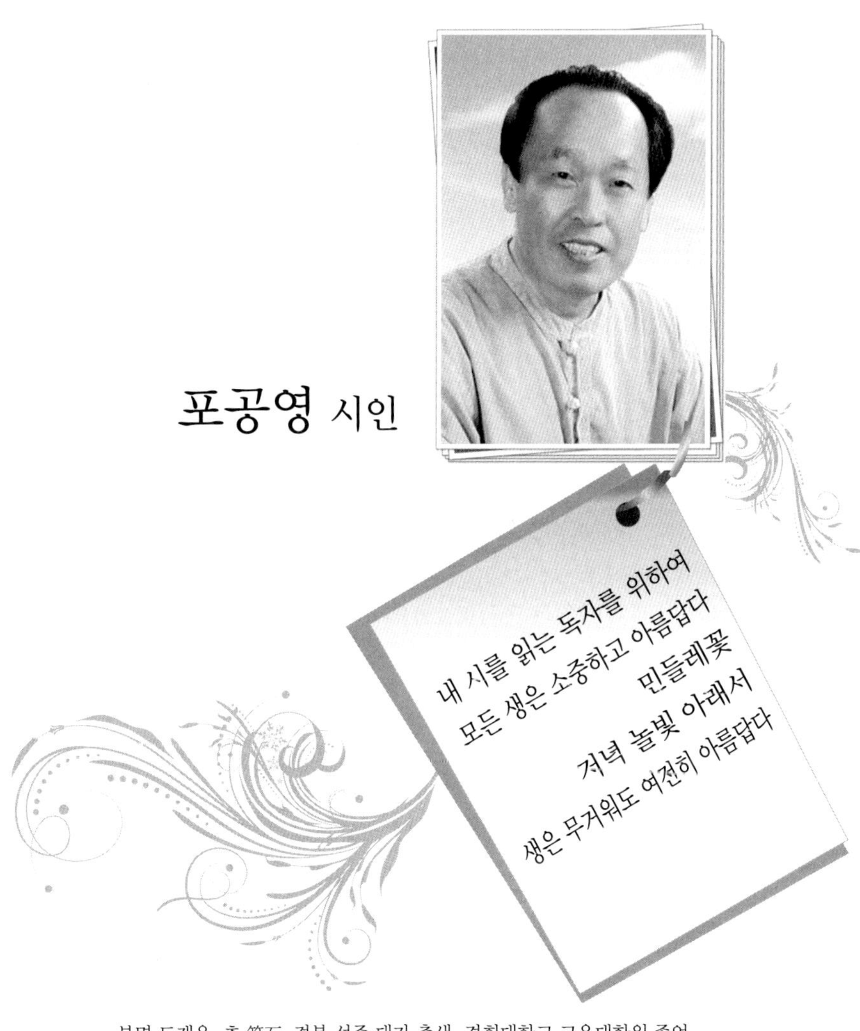

본명 도재욱, 호 笑石. 경북 성주 대가 출생. 경희대학교 교육대학원 졸업. 《순수문학》 신인상 수상. 사랑방시낭송회 상임시인, 현대시인협회 · 국제펜클럽한국분부회 · 한국문인협회 · 서울교원문학회 · 강동문인회 · 정문문우회 · 미사리문학회 · 예띠시낭송회 · 산울 림시동인회 회원. 《좋은문학》 2008 올해의 작가상. 현대시인협회 중앙위원, 강동문협 이사, 흙 시동인 회장 역임, 미사리문학회장, 2008년 보인중학교(교감 역임) 명예퇴직. 위클리피플 주간인물로 선정(699호). 시가 있는 수필집 『아름다운 욕심』, 시집 『물 맑은 영혼 뒤에 그림자 진 두 얼굴』, 『민들레꽃』, 『슬픈 이 봄날에』 외 공저 다수.

E-mail: philantropy@hanmail.net

내 시를 읽는 독자를 위하여 외 4편

포 공 영

거친 파도를 잠재우는 시를 쓰고 싶다
고요를 깨뜨리는 설렘의 시를 쓰고 싶다
풀과 나무, 돌과 바람, 물과 구름의 생각을
개미와 풀무치, 비둘기와 다람쥐, 사슴의 속마음을
그대로 세상에 전하고 싶다
시궁창에서 텃밭을 일구어 생을 보듬는
구더기 같은 유충의 삶일지라도
그냥 지나치지 않고 그의 마음 읽고 싶다
내 마음의 밭에서 시는 언제나
생에 대한 즐거움보다 슬픔의 바람 불고
사랑이기보다 연민이 어둠을 밝히기도 하였다
이제, 슬픔과 연민에서 발길을 돌려
내 시를 읽는 독자에게
설레는 그리움을 가슴 가득 안겨주는
향기로운 장미꽃 한 다발이 되길 두 손 모은다
내게 늘 눈물 많은 슬픔의 딸인 시가
끝내는 그 슬픔을 곤파스에 실어 지구 밖으로 보내고
기쁨이 넘치는 화평에 다다르는 길이 되길
나는 조용히 눈을 감는다

모든 생은 소중하고 아름답다

누렇게 주름 잡힌 책을 읽다가
행간에 유성처럼 흐르는 까만 별이 눈에 들어
돋보기로 가까이 다가가 누구인지 물어본다
먼지인지 생물인지 판단이 서지 않는
• 보다 작은 물체가
어둠의 땅에서 텃밭을 일구어
생의 탑을 뜨겁게 쌓아올리고 있다
종이를 갉아먹고 사는지
내가 읽지 않고 지나쳤던 시를 감상하고 있는지
그가 움직이는 모습 알아볼 수 없고
그의 목소리 내 귀에 들리지 않는다
생각 없이 볼펜으로 찍으려던 손
저 스스로 무릎 위에 내려앉아
영장이든 미물이든 목숨은 하나라 생각하니
모든 생은 소중하고 거룩하다
비록 책벌레 같은 삶이라 할지라도
생은 소중하고 아름답다

민들레꽃

바람에 생을 맡긴
자유의 몸짓으로
이리저리 넋 놓고 흔들린다
흔들린다
누가 물어도
누가 밟아도
아픈 마음 맑게 웃으며
몸 낮추어 부르는 노래
그렇지요
그렇지요
예, 예 …
해인海印에 든 노승처럼
언제나 머리만 끄떡인다

저녁 놀빛 아래서

사천년 전
하늘이 가슴을 붉게 태우는 저녁
젊은 노인이 바위처럼 앉아 있던 풀밭을
똑같은 그 날 그 시각 그 자리
오늘은 내가 무심히 앉아 있다
무성한 미루나무 잎새가 남풍으로 춤추는
암사 선사유적지 저녁 놀빛 아래
키 작은 원시인이 남기고 간
손때가 묻은 돌도끼, 반달돌칼, 빗살무늬토기
아직도 온기가 남아있는 유물을 만져보았다
그가 몸을 쉬었다 일으키는 움집에서
저절로 살아가고 있는 평범한 그의 일상을 보았다
푸른빛 감도는 하얀 머리칼을 드리우고
새들이 속삭이는 비밀스런 얘기를 숨죽이고 듣다가
말없이 걸어가는 크로마뇽인의 발걸음을 보았다
시냇물에서 한 점 눈물을 보았던 그가
바다를 맨발로 건너는 쉬르레알리즘을 생각하는 걸까
그의 눈망울에 비친 아련한 그리움
들판에 무성히 핀 들꽃처럼 흔들리고 있었다
사천년 전 나의 할아버지가 앉아 생을 쌓던 자리
바람은 잠시도 머뭇거리지 마라 등 뒤에서 밀고
그의 노래를 들어본 적 없는 입술은
그가 바람결에 붙인 방언 같은 주문을 왼다
어쩌면 낯설지 않은 저녁놀빛 아래서

생은 무거워도 여전히 아름답다

들국화는 시월에, 시월은 가을의 길목에서 핀다.
긴 여름을 조용히 보내고 찬이슬 받아 피는 꽃처럼
계절은 소리 없이 피었다 지고
길 위에 사는 인걸은 생멸生滅을 되새김질 한다.
세월은 기쁨과 슬픔을 섞어 나이테를 쌓아 가고
내일을 모르는 사람은 무심코 내일로 달려가고
티격태격 밀고 당겨서 이력서의 빈 칸을 메운다.
삶의 대한 뜨거운 열망을 이룬 벅찬 행복은
땀 흘린 사람에게는 마약과 같은 신념으로 자리 잡아
절망을 극복하는 무서운 무기를 하나 더 갖게 된다.
이성이 번득이는 날 이성의 냉철한 눈빛은
삶의 질을 높이는 눈부신 업적을 낳고,
큰 걸음으로 걷는 사람은 작은 걸음으로 걷는 사람에게
선망의 대상이 되고 새로운 벽 앞에 선다.
어린 학생들 가슴에는 꿈이 자라고, 생에 대한
꿈과 현실은 서로 맞지 않음도 조금씩 알게 된다.
사랑하는 사람의 가슴에 미움과 시기가 독버섯처럼 자라나고
신문과 방송을 펼쳐 들면 세상을 잡으려는 손길과
뿌리치는 손길이 얼굴 붉히고 있음을 본다.
별은 어둠이 짙을수록 더욱 찬란하게 빛나고
진흙 수렁은 말없이 두 손 보듬어 연꽃을 피운다.
될성부른 떡잎은 어두운 사회에 한 줄기 빛으로 다가온다.

그러나 꿈을 노래하는 아이들이 점점 줄어드는 세상
큰 발전을 기대하는 것조차 욕심일지 모른다.
어떤 사람도 꿈꾸길 거부하는 사람이 없듯이
어떤 사람도 불행하게 살기를 바라는 사람은 없다.
삶이 죽음보다 더 뜨겁기에 오늘도 땡볕아래 밭을 일구고
시인은 저녁노을 붉게 타는 언덕에 누워
흘러가는 뭉게구름을 바라보며 에트랑제의 시를 읊는다.
생은 숭고하다.
생은 짧고 뜨겁다.

사랑방시낭송회
www.cafe.daum.net/loveroom1994

홍윤희 시인

서울 출생
고전무용 전공, 계간 《시세계》 신인학상 수상
사랑방시낭송회 · 관악문화원 문학아카데미 · 세계 문인협회 회원
전) 홍윤희 고전무용학원 경영

가을이 가고 있다 외 4편

홍 윤 희

꿈도 설렘도 잠재울 나이 건만
어느 곳으로 눈을 돌려도
달콤함 가득 퍼지는 들녘
가을이면 살아나는 고질병인가
아픔이 아니어도 슬픈 계절인가보다

삶의 물 즙 그대로 달고
지난 세월의 덮개가
나이에 무게만큼 짓누르는데
바람 이는 갈대밭 저 편
타는 노을은 왜 저리도 고울까

내 곁을 떠난 그 귀한 인연들
산허리 휘감은 물줄기도
수천년 뿌리에 사랑을 키우는데
무엇을 얻고자 잊고 살았는지
기억 속에 한둘씩 살아져 가는구나

세상을 꾸밀 줄 아는 시인은
저~파란 하늘에 시 한 수 띄우고
나이를 이불처럼 깔고 앉아
계절을 안주 삼아 세월을 마시니
잔잔한 호수 위에 낙엽이 내려앉는다.

꽃섬의 그 노래

홍 윤 희

문득 잠 깨어 창을 여니
스산한 달빛아래
모래알 부서지는 소리
바람인지 님인지
허한 두 눈은 별밤을 헤맨다

꽃섬을 울리던
눈물의 망부가는
품 안의 새끼 자장가가 되었고
님 떠난 빈 자리엔
붉은 해당화로 채워졌다

기나림의 청춘을 묻어
붉게 물든 작은 꽃섬

그 옛날 꽃각시가
세월에 닳고 소금물에 절은
말린 물고기 마냥
등 굽고 가벼워졌지만

오늘도
망망 바다에 옛이야기 띄워놓고
가슴으로 쓴 사랑 편지는
밤이면 별이 되어 쏟아져 내린다.

참깨

팔려 오던 날
고향 집 기억은 가슴에 묻었다
밝은 햇살아래 생명을 느끼며
뽀얀 속살 간직하고 싶었는데
먹구름이 해를 삼키듯
어두운 가마솥으로 들어간다

살려 달라고
소리칠 여유도 없이
몸은 점점 타들어가고
작은 몸뚱이 시간을 삼키며
얼마나 휘돌아 달렸던가
까맣게 변한 모습이 처절하다

덩치 큰 기계에
온 몸은 깨지고 짓눌려
남은 한 방울까지
고소한 기름 다 쏟아냈으니
깻묵에 소원은 고향 땅 넓은 들
깨밭에 묻히고 싶은 마음일 것이다.

그때 그 소녀의 눈물

홍 윤 희

품 안에 외동딸
낯선 유학길로 보내놓고
밤이면 그리워 하늘을 보고
낮이면 새들에게 안부를 묻던 어미가
언제부터인가 보이지 않았다

자식 앞에 흉한 꼴 숨기려고
저승길 넘나드는 고통과 싸워가며
무지개 꿈도 소중히 키웠는데
밀려오는 그리움 참기 어려워
얼마나 어린 딸을 부르다 갔을까

병마에 눌려 유골이 된 어미를 보내고
슬픔도 눈물도 말라버렸는지
장래를 치르고 몇 날을 조용하던 집에서
서러움에 생살이 찢겨져 나가는 듯한
애절한 울음소리 간간히 들린다

모녀의 삶은 외로운 가시덤불
넝쿨같던 운명이 송두리째 뽑히던 날
돌아갈 수 없는 길에 날개를 접고
추억을 묶어주는 자장가를 부르며
둥지 잃은 가슴에 어미를 묻었구나.

욕망의 노예

우리는 무얼 찾으려
밤낮 없이 뛰는지!
늦은 밤 무거운 발걸음만큼
빈 가슴에도 바람이 인다

꿈은 아직도 멀었나
밥그릇 채울 욕심인가
주머니 채울 욕망인가
불빛 뒤엉킨 밤은
그림자도 없구나

그 날의 답은 얻을 수 없어도
내 꿈에 기대 산 가족들이 있어
삶의 무게가 느껴질 땐
고민의 발길은 둥지로 향한다

하루를 같이 한 낡은 신발들
먹물 같은 피로가 쏟아져
흩어진 몸 가눌 길 없어도
젖은 땀 털어내며 밤을 맞는다.

사랑방시낭송회
www.cafe.daum.net/loveroom1994

광화문을 지키는 시인들 *2011* 4

초판인쇄일 | 2011년 01월 3일
초판발행일 | 2011년 01월 8일

발행인 | 김건일
편　집 | 박일소, 김재현
발행처 | 사랑방시낭송회
다음카페 | cafe.daum.net/loveroom1994

펴낸이 | 송계원
디자인 | 송동현
펴낸곳 | 도서출판 담장너머
주　소 | 서울시 중구 필동3가 55-1 301호
전　화 | 02-2268-7680
E-mail | overawall@hanmail.net

값 9,000원
* 파본된 책은 바꾸어 드립니다.

ISBN 978-89-92392-21-1 03810